Кощеевна

Olena Shevtsova

Published by Olena Shevtsova, 2022.

КОЩЕЕВНА

First edition. July 10, 2022.

Copyright © 2022 Olena Shevtsova.

ISBN: 979-8215739686

Written by Olena Shevtsova.

ГЛАВА 1

- Елена, Елена! Да где ж эта девка бедовая запропастилась? - Глаша - старшая нянька, недовольно ходила по царскому саду, оглядываясь по сторонам и уперев руки в боки. - Надо же было нашему царю батюшке Гороху, взять пять лет назад свою чудаковатую племянницу на воспитание. Он ей, считай безродной, кров над головой дал, а она, неблагодарная, сколько уже соков и крови из царя батюшки выпила. А из нас? Дерзит, волю царскую нарушает. Скольких женихов прогнала, а уже семнадцать годков, так и хочет всю жизнь в девках проходить. Вот зачем царю такая обуза? Корми, пои ее и такая неблагодарность. У него вон своя родная дочка, красавица подрастает. Марьяне уже пятнадцать годков в этом году исполнится. Ей тоже жениха скоро искать, а Елена такой позор на наши головы навлекает. Вот Марьяна это царевна, а эта, тху на нее, - скривилась Глаша и на землю плюнула. - И царевичи-то, да боярские сыновья все как на подбор красавцы к ней сватаются, а эта дуреха им все загадки каверзные загадывает, да поворот от ворот дает. Носом крутит, а сама считай никто. Неблагодарная! А как одевается? Позор! И чего с ней царь Горох возится? Уже давно розгами отходить надо, сам с ней мучается, и мы с ней маемся.

- Да брось Глаша, - рассмеялась идущая рядом с ней Арина, вторая нянька. - Царевна Елена, конечно, чудаковатая, как мальчишка себя ведет порой, но ведь добрая. Мне ни разу слова плохого не сказала. А вот Марьяна, меня давеча даже за волосы оттаскала, - Арина, почесала копну густых волос, поморщилась, вспоминая неприятный инцидент. – Людская молва идет, Елена в отца своего пошла, да вот знать бы кто он. Все царь батюшка в секрете держит. Леля то, сестра нашего царя батюшки, считай, на десять годков его старше была, упокой господь её душу мятежную. Это, в каком же возрасте, она дитя свое родила? Слыхала я, она еще когда ей семнадцать годков исполнилось, влюбилась жутко в колдуна черного и убежала из родительского дома, не получив дозволения на свадьбу. Может этот колдун и есть отец нашей Елены? Отсюда и причуды такие у царевны? - прошептала Арина, оглядываясь по сторонам.

- Не дури, - Глаша рукой по лбу провела, вытирая выступившие капли пота. Она была пышная женщина, в теле, поиски царевны в полуденный зной ей давались тяжело. - Я, конечно, царевну Лелю сама не застала и историю эту тоже только из чужих уст слыхала, но мне кажется враньем все это, выдумкой. Загуляла царевна с конюхом, вот ее родители и спрятали с глаз долой. Срам-то какой. Сама лично слышала, как царь Горох, казначею нашему, который сына своего хотел Елене в мужья предложить, нашептывал, что у царевны брат есть старший. Бедовый на всю голову. Казначея-то царь батюшка ценит, отговорил его от опрометчивого поступка, тот больше сына за царевну Елену не сватает. И вот скажи мне, почему Елену царь взял на воспитание, а племянника, получается, нет?

- Да кто же в царскую голову влезет, - усмехнулась Арина.

- А я так думаю, что малец этот безродный родился, а вот у Елены отец может какой боярин опальный. Может, кто и согласился царевну Лелю уже порченую в жёны взять, чтобы прощение вымолить у государя. Вот поэтому, царь Горох племянницу признал и на воспитание забрал после гибели сестры своей, а сына её, от холопа нагулянного, не признал.

- А мне жалко парня, если это так, - вздохнула Арина. - Чем он виноват, что у него отец из простых людей? Разве мы хуже других?

- Ты нос-то не задирай, - окинула Арину презрительным взглядом старшая нянька. – Знай свое место. Где это видано, чтобы холоп за царским столом сидел!

- Если у Елены отец есть, чего ее царь к себе забрал? - озадачилась Арина.

- Так они оба сгинули и Леля, и муж ее, - Глаша тяжело вздохнула, помахав на себя платком. - Так, что обычная девка Елена, а не колдунья, а еще бездарность. Пять лет она тут уже живет и никакого колдовства не творила. Дикая, нелюдимая. Вот Марьяна наша, вот где талант, - умиленно заулыбалась нянька. - А Елена только, что лицом ладная вышла, хотя как по мне Марьяна гораздо симпатичнее. Вот за что Елену все Прекрасной величают?

- Красивая, - протянула Арина с завистью.

- В чем? - скривилась Глаша. - Вечно растрепанная, в пыли перепачканная, одета в штаны и рубаху простую и не скажешь, что царевна. Сразу видно, что воспитание хромает. Да и откуда ему взяться? Она-то в царский замок попала почти взрослой, ей двенадцать уже было. Как вспомню, как это чудо дикое привезли, вздрогну. Тебя тогда еще не было тут, ты с ней так не намучилась как мы, поэтому и считаешь доброй. Она, что волчонок дикий, в угол забилась, никого к себе не подпускала. А когда к ней Марьяна пришла, так они друг дружке в волосы вцепились, а Марьянушка всего-то и хотела куклу ее взять поиграть. Елена в игрушку мертвой хваткой вцепилась, не отдавала. Не только на царевну, Елена тогда бросалась, и на нас, слуг обычных тоже. Ох и намаялись мы тогда! Это потом уже, когда царь колдунью светлую к ней пригласил, успокоилась девка. Первое время, будто во сне ходила, отрешенная от жизни, никого не замечала, а потом ожила, только из прошлого своего ничего не помнила. На собственное имя первое время не откликалась.

- Странно как-то все это, - прошептала Арина, они с Глашей дальше по дорожке медленно пошли, заглядывая за каждое деревце.

- Не наше дело, - отмахнулась Глаша. - А вот если Елену сейчас не найдем и в порядок не приведем, царь батюшка уже с нас три шкуры спустит. Сегодня новые женихи пожаловать должны. Сын боярина Гришина свататься будет, заморский княжич пожаловать изволили, и царский сын Степан из тритретьего царства. Если Елена и этим отворот поворот даст, тут точно Горох уже не стерпит. Вроде как, боярин Гришин богатый выкуп царю за невесту предлагает, а год-то не урожайный был. Казне злато нужно, - вздохнула, покачав головой Глаша и опять во всю глотку завопила. - Елена! Елена! Да куда же ты делась девка дурная.

Так няньки неспешно дальше ушли, скрывшись за деревьями. Когда голоса их стихли, послышался шорох в густой кроне дерева, под которым как раз стояли Глаша и Анфиса, меж собой разговаривая, пару минут назад. Не хватило им ума в поисках царевны, головы свои вверх поднимать, да ветки на садовых деревьях внимательно рассматривать, тогда бы быстро нашли царевну - Елену Прекрасную.

- Брат, значит, есть? - шмыгнула носом Елена, удобнее усаживаясь на толстой ветке, размяла немного свои ноги и руки, которые затекли от неудобной позы, в которой она застыла, боясь пошевелиться, когда здесь няньки появились. Кому же охота, чтобы его убежище раскрыли.

- И это все, что тебя смущает из услышанного, мур-мяу? - Раздалось с верхней ветки, Елена вздрогнула от неожиданности и голову вверх подняла.

- Ой, мамочки... - царевна попятилась, не удержала равновесия и сорвалась с ветки вниз.

Хорошо, что практика лазания по деревьям у нее была богатая, успела в последний момент за другую ветку рукой ухватиться и на ней повиснуть, полностью не свалилась на землю. Потом подтянулась и уже на эту ветку залезла. Осмотрела разодранные ладони, поморщилась, вытирая их об себя и опять голову вверх подняла, рассматривая черного как смоль кота, который на две ветки выше от нее удобно расположился. Лежит, вальяжно так, развалившись на толстенной ветке, одну лапу вниз свесил, спокойно лежит, на нее смотрит, желтыми глазами изредка моргает.

- Ты, что разговаривать умеешь? - Елена со своей щеки грязь рукавом рубахи вытерла. - Или это мне померещилось?

- Не померещилось мур-мяу, - четко проговорил кот. - Меня Симон зовут.

- У тебя еще и имя есть, - опешила царевна, моргнув от удивления.

- А почему бы ему не быть, у тебя же есть, - кот поднялся на лапы и потянулся, прогибая спину, потом соскочил ниже, а потом вообще спрыгнул на ту же ветку, на которой Елена сейчас сидела.

- И чего ты ко мне прицепился? Ты вообще кто или что? Ты действительно говоришь или я с ума схожу? - Елена стала чуток от него по ветке назад отползать, опасливо посматривая.

- Смотри, сейчас опять свалишься мур-мяу, - Симон голову набок наклонил, рассматривая царевну. - Я фамильяр. Фамильяры все говорящие, но слышать нас могут не все. Только если мы сами этого захотим, либо если человек одаренный. Маг, например, или колдун, еще нечисть может слышать. И чего ты меня боишься? Я маленький, зла тебе не причиню. Это мне, по большому счету, нужно тебя бояться.

- Ага, - прошептала Елена, но пятиться перестала. - Сейчас маленький, а потом обернешься в чудо-юдо, сожрешь и только поминай, как звали.

- Какая у тебя фантазия богатая. Я колдуньями не питаюсь, - Симон гордо голову вверх задрал, потом опять на Елену посмотрел, когтями поскрёб ветку. - Вот если бы, ты, мне рыбку предложила или мышь на худой конец, - он облизнулся, просительно посмотрев на царевну.

- Ну и где я ее тебе возьму? Или ты мне предлагаешь эту самую мышь тебе поймать? - приподняла брови Елена. - И что значит колдуньями? Намекаешь, что я ведьма?

- Нет, ты точно не ведьма, - качнул Симон головой. - Вот хозяйка моя ведьма, а ты колдунья.

- А чем ведьма от колдуньи отличается? - удивилась Елена, немного сведя вместе брови. Никогда бы она ранее не подумала, что будет вести подобного рода разговоры с котом.

- Ведьма природными стихиями владеет, которые с жизнью связаны, природу чувствует, а у колдуньи дар с другим связан. У тебя, вообще, противоположный дар. Хотя, - кот ближе к ней подошел, и передние лапы ей на ногу поставил, выпустив коготки, стал топтаться, заглянув своими желтыми глазищами в зеленые глаза Елены. - Ведьмовская сила в тебе тоже есть, от маменьки, наверное, досталась, но отцовской больше.

- Я ничего не понимаю, - покачала головой Елена. - Так я ведьма или колдунья и ты, что моих родителей знал?

- И ведьма, и колдунья. Только колдуньи в тебе больше. И да, родителей твоих знал, - мурлыкнул кот.

- Расскажи о них, - Елена нижнюю губу прикусила, а на глазах слезы выступили. - Я ничего не помню, - качнула она головой. - Все мои воспоминания уже с этим местом связаны. Сестра Марьяна, дядька Горох, няньки, вот только не нужна я им, не любят они меня. Чужая я тут. А получается, у меня родные были, о которых я забыла, и брат есть. Может, ему я нужна? Хотя, была бы нужна, уже забрал бы. Няньки говорили, что он старше меня. Если мне уже семнадцать, ему и подавно больше, мужчина взрослый, зачем ему такая обуза, - вздохнула царевна.

- А может, он не может так просто тебя забрать? Мур-мяу, - мурлыкнул кот, и потерся об её руку.

- Если ты так многое обо мне знаешь, может, расскажешь? А то только больше тайн и загадок разводишь, больше вопросов в голове рождается, - вздохнула Елена и погладила кота по его мягкой шерстке, а он замурчал.

- Нельзя, - мурлыкнул Симон. - Слышала же, что непросто так, ты память потеряла, колдовство там задействовано. Начнешь раньше времени вспоминать, чужие замки сорвем, и царь Горох заподозрит неладное, а значит и тот, кто эти замки ставил. А мы незнаем кто это.

- И что мне делать? - Елена тяжело вздохнула, почесав Симона за ухом. - Всю жизнь в неведении проходить? Замуж за... - царевна замялась, в мыслях подбирать правильные слова начала, культурные пыталась среди них найти. - В общем, за царевичей, - выдохнула она зло. - Которых дядька мне сватает? Не хочу такой доли. Всем этим благородным мужам не я нужна. Кому деньги, кому статус и титул, кому просто красота моя нравится. Да и дядя выгоду свою ищет, а не желает мне счастья. Вон пусть свою дочь замуж за них отдает.

- Бежать тебе нужно. Мур-мяу.

- И куда мне бежать? Кому я нужна?

- Куда бежать я покажу, - мурлыкнул кот и потерся об руку Елены. - И ты многим нужна Елена.

- Надеюсь, не для того, чтобы сожрать? - подозрительно спросила Елена. - Сейчас заведешь меня в какой-нибудь лес, и кушайте волки с нечистью на здоровье. Отчего я верить тебе должна?

- Не должна мне верить, - согласился с ней кот, прищурив глаза. - Но ведь у тебя у самой вопросов много к дядюшке накопилось. И с чего ты решила, что нечисть людей жрет?

- А разве нет? - тихо проговорила царевна. – Нечисть, она на то и нечисть, чтобы зло творить. А по поводу вопросов... Предлагаешь пойти к нему, прямо спросить?

- Предлагаю пойти подслушать, как это твои няньки периодически делают. Тебе он правду не скажет, а вот в разговоре с другими очень даже. Вот сейчас, например, царь Горох с боярином Гришиным беседу вести будет, сын которого к тебе свататься сегодня приедет. А по поводу нечисти, у тебя информация, устаревшая, предвзятая.

У Елены заблестели глаза азартно, и она бросила задумчиво свой взгляд в сторону дворца, прикусив при этом нижнюю губу.

- Правильно мыслишь Елена Прекрасная. Мур-мяу. Лазить по деревьям ты хорошо умеешь, вот и давай мы с тобой к его оконцу поближе подберёмся. Сейчас жарко, оно настежь распахнуто, слышно будет все хорошо, комнаты его аккурат возле крыши находятся, вон оттуда легче всего добраться, - кот мордочкой в определенном направлении махнул.

- Да ты никак уже бывал там, - подозрительно прищурилась Елена. - Говоришь мы, значить со мной пойдешь? Не мой ли ты фамильяр?

- Бабы Яги я фамильяр, - гордо проговорил Симон и себя лапкой в грудь ткнул. - Не кривись, не все, что молва о нечисти сказывает правда. Да и подумай, если ты ведьма и колдунья, так может ты к ней к этой самой нечисти ближе, чем к людям?

- Нет, чтобы прямо сказать все как есть, ходишь вокруг да около, - возмутилась Елена и стала с дерева спускаться, а Симон за ней последовал.

- Меня послали за тобой присмотреть, оберегать и в трудную минуту помочь. Мур-мяу, а лишнего пока говорить нельзя. На то свои причины, - Симон первый с дерева спрыгнул, присел на землю, наблюдая, как Елена слазит. - Советом помочь могу, а на вопросы отвечу только когда за пределы царства Горохового уйдем. Если пойдешь, конечно.

- Честно ответишь? На все? - спрыгнула царевна с нижней ветки на землю.

- Честное фамильярное, - мурлыкнул Симон.

- Нет уж, - усмехнулась Елена. - Ты магией поклянись. Фамильяр ведь существо из нее сотканное, а значит, в этом случае клятву сдержишь.

- Магией клянусь, как только покинем царство Царя Гороха, отвечу на все вопросы, ответы на которые сам знать буду. Клянусь, что зла тебе не желаю, оберегаю и помогаю, отведу в безопасное место, там, где друзья, - вздохнул кот. - И откуда ты все эти нюансы знаешь? Не помнишь же ничего, и дар твой спит.

- А у дяденьки библиотека богатая. Я там часто прячусь, меня там не ищут. Как говорит дядя "Женщина существо глупое, наукам необучаемое, ее удел рукоделием заниматься и мужику угождать". Вот никому в голову и не приходит, что я там часто часы просиживаю, ну а чтобы скучно не было, читаю. Книг там много, есть занимательные, даже про магию и существ разных.

- А если тебя грамоте не учили, откуда читать умеешь?

- Не знаю, - Елена щеку невзначай почесала. - Оно как-то само собой, получается, - развела руками Елена.

- Буквы, значит, не забыла, а остальная память стерлась.

- Мне иногда сны снятся странные, - задумчиво проговорила Елена. - В тумане все, лиц не вижу, только голос слышу. Красивый женский голос, который песни поет колыбельные и сказки рассказывает о дивных птицах - огненных.

- И давно ты такие сны видишь? - поинтересовался Симон.

- Да сколько здесь живу столько и вижу, почти каждую ночь. А еще будто зовет меня кто-то. Кто, разобрать не могу, - Елена, сделав пару шагов, остановилась, оглянувшись назад. С удивлением посмотрев, как Симон остановился и сел на землю. - И чего ты остановился? Говорил со мной пойдешь.

- А ты Елена сильна, раз такие сны видишь, - задумчиво мурлыкнул кот. - Это получается, не смогли тебе память стереть, только блоки поставили и те ты пытаешься сорвать, сквозь сон память твоя пробивается. Ладно, идем быстрее, а то все самое интересное пропустим. Не стой столбом к земле пригнись, вон лошадь боярина Гришина в конюшню повели, значит, он уже у царя.

Симон прижался к земле, а следом за ним присела на корточки Елена и юркнула за ближайший куст розы, прячась от конюха. Он хоть вдалеке проходил, но мог царевну заметить. Ожидая, когда конюх скроется из виду, Елена и Симон тихо сидели, а потом направились прямо к дворцу, туда, где стояла длинная деревянная лестница, которая как раз позволяла залезть на крышу.

- Лезь на крышу, а потом к окну царя Гороха поближе подберись, только сильно спиной своей не свети, к крыше прижимайся, - прошептал Симон.

- А ты? - тоже шепотом спросила Елена.

- А я тебя уже там ждать буду, - видя непонимающий взгляд Елены, Симон подкатил глаза к небу. - Я же магическое существо, я могу на небольшое расстояние просто переместиться.

- И я так хочу, - улыбнулась Елена.

- Колдовать научишься, и ты так сможешь. Причем ты, на дальние расстояния порталы открывать научишься, - произнеся это, Симон просто растворился в воздухе.

Елена, посидев минутку, уставившись в пустое место, захлопала удивленно ресницами, вздохнула, а потом перевела взгляд на лестницу. Сиди, не сиди, а раз решила прислушаться к коту, нужно лезть наверх.

- Совсем с ума схожу, - сама себе проговорила Елена. - С котом разговариваю, верю ему на слово, несмотря на то, что он многого не договаривает. И ведь совсем не смущает, что он фамильяр Бабы Яги. И меня колдуньей называет. Ну, какая из меня колдунья?

Так, ворча на саму себя, Елена вскарабкалась по лестнице на высокую крышу, периодически посматривая вниз. Потом аккуратно, тихонечко подобралась к окнам дяди. Хорошо, что она сегодня, как обычно, натянула на себя темно коричневые штаны и темно серую неприметную рубаху, надела мальчишескую кепку, под которую спрятала свою русую косу. Тут няньки ее правы оказались. Столь бесформенная, мужская одежда, в которую она любила одеваться, не красила ее. То, что она девица выдавали только длинные волосы, миловидное лицо и огромные зеленые глаза. Разглядеть ее фигуру на крыше царского дворца будет сложно, а если кто глазастый все же увидит, посчитает, что холоп ремонтными работами занят, а никак не царевна там лазит. Елена спустилась к самому окну царя Гороха, сначала присела, осмотревшись по сторонам, но Симона нигде не было, хорошо, что рядом с окном царя, росла здоровенная груша, ветки которой выше крыши поднимались, таким образом, создавая дополнительную защиту и укрытие от чужих глаз.

- Симон, - тихо позвала Елена.

- Чего орешь, - раздалось знакомое мурлыканье сзади, царевна вздрогнула от неожиданности, обернулась. Симон спрыгнул с дымохода и подошел к Елене. - Если нам будет их слышно, думаешь, они нас не услышат? И ты учти, при людях со мной не разговаривай. Никто кроме тебя меня не видит.

- Точно галлюцинация, а не фамильяр, - тихо хохотнула царевна, но в это время раздался звук открывающейся двери и тяжелые шаги. Симон приложил лапу к мордочке, давая понять, что следует умолкнуть.

Елена и Симон притаились, прислушиваясь.

Царь явно был не один, послышалось шарканье ножек стула по деревянному полу и тихие голоса.

- Я тебе верой и правдой служил Горох, и сын будет. Если отдашь Елену за сына, пять мешков золота в казну отсыплю, нет десять, и всех не согласных с твоей властью на дальних рубежах царства усмирю. Слово даю! - это был хриплый голос боярина Гришина.

- И чего тебе так хочется сына своего на Елене женить, - хохотнул царь Горох. - А Степан? Неужто так мила девка ему?

- Елена красива, но Иван ее не любит, у него еще дурь в голове, - вздохнул Гришин. - Ему бы с друзьями в баньке попарится, да на охоте свое мастерство показать. Я тебе все как есть говорю, ничего не утаиваю. Но то ничего, Горох, как говорится, стерпится - слюбится. Тем более, Елена баба красивая, а на таких красавиц Иван падок, так что жену стороной обходить не будет. А зачем мне их брак нужен? Сам знаешь, боярин я, не наследный. Ты мне этот титул даровал.

Мне-то, что я привычный к тому, как твои родовитые дворяне морду свою от меня воротят, а вот внукам такого не желаю. Хочу, чтобы в них кровь благородная влилась. Ты меня знаешь, я всегда за тебя горой стоял.

- Ну а чего дочерей боярских не сватаешь? Смотри куда замахнулся на царскую кровь. Не многовато будет?

- Даже пробовать не хочу к ним свататься, - прозвучал рассерженный голос Степана. - А Елена, она же только на половину царевна, но тобой признана как племянница родная. Прав на престол она не имеет, а дети ее тем более такого права иметь не будут. Ты ничем не рискуешь Горох.

- Ладно, будет тебе Елена, - послышался тихий смех царя. - Но при одном условии.

- Все, что хочешь, сделаю, - ударил себя в грудь Степан.

- Раз в неделю ты мою племянницу будешь привозить во дворец, оставляя здесь ночевать. А еще поклянешься, что царевна пределов моего царства до конца своих дней не покинет. И золото, ты, как и обещал, в казну положишь.

- Клянусь.

- Вот и ладно. Вечером с сыном приходи. Кроме него еще князь заморский будет и царевич из тритретьего.

- Она опять загадки загадывать будет, - простонал Степан. - Еще никто не отгадал.

- Пусть загадывает. К тому времени как ответ давать нужно будет, я ее уговорю. Царское слово даю, а теперь ступай.

- Благодарствую, царь батюшка, - послышался звук поклона и удаляющиеся шаги, потом тишина.

Елена было заерзала, собиралась подальше от окна отползти, но ее кот остановил.

- Куда собралась, - тихо мурлыкнул кот. - Все самое интересное только начинается.

Елена замерла, приподняв вопросительно одну бровь, а потом даже дыхание затаила, боясь пошевелиться. Царь Горох поднялся со стула и подошел к распахнутому окну, облокотившись на подоконник. Вначале вроде бы ничего не происходило, а потом послышался шелест, будто множество летучих мышей крыльями забили. Елена Прекрасная даже глаза закрыла и непроизвольно плечами передернула, не любила она мышей, особенно летучих. Сама не знала почему, страха перед ними не испытывала, а вот неприязнь, даже злость была.

- Давно не виделись Милика, - раздался на первый взгляд спокойный голос царя Гороха, вот только царевна за эти пять лет хорошо изучила своего дядюшку. Он боялся и пытался скрыть свой страх в твердости голоса, но по той натянутости, которая сквозила в нем, этот страх и ощущался.

- Боишься, Горох? - послышался тихий женский смех. - Правильно делаешь.

- Перестань мне угрожать, - прошипел царь, резко разворачиваясь.

- Даже не начинала, - женщина перестала смеяться. - Ты считаешь, что этому боярину можно доверять?

- Этому можно, - вздохнул царь, сев обратно на стул.

- Помни, что она не должна покинуть пределы твоего царства. Тут стоит защита, которая защищает тебя и не дает ей вспомнить, а за пределами твоих земель, я не буду иметь власти над девчонкой. Мне нужен еще год, тогда ее сила начнет просыпаться. Я стану ее учителем, тогда и заберу ее к себе.

- Зачем эти игры с замужеством? Пусть бы сидела этот год спокойно. Нет же, тебе захотелось ей жениха подобрать из бояр. А как людская молва разнесла, что я Елену замуж отдать хочу, сюда стали приезжать все эти князья и царевичи. Вот оно мне нужно, Милика?

- Если хочешь молодильные яблоки, нужно, - усмехнулась женщина.

- И где моё молодильное яблоко?

- Я тебе сказала не чаще одного яблока в шесть лет. Одно ты уже съел, а следующее через год.

- Зачем тебе, чтобы она замужем за боярином была?

- За боярином, чтобы тебе подвластной осталась. Царевич жену в свое царство забрать захочет, а нам оно не нужно. Поэтому игра эта с загадками меня устраивает.

- А чем тебя прошлый боярский сын не устроил? Можно же было ее уже давно замуж спихнуть.

- Нельзя, тот ее любил и стал бы с ней нежничать, взаимности добиваясь, а мне этого не нужно.

- То есть, замуж ты ее хочешь выдать так, чтобы она несчастной была?

- Да, - засмеялась Милика.

- Не понимаю, - вздохнул Горох.

- А тебе и не нужно, но я сегодня добрая. Ведь все так хорошо складывается. Прямо как пять лет назад, - опять послышалось шуршание. - Если она невинности своей лишится от большой любви, то резерв ее магический в сто крат возрастет, срывая все поставленные мной блоки, память вернется и тогда она необузданной станет. Догадайся, кто первый попадется ей под руку. Вижу по твоей бледной физиономии, ты понял, - засмеялась женщина. - Правильно Горох, ты. Меня-то рядом не будет, да и что она мне может предъявить? То, что в сторонке постояла, пока ее родители в разлом подземного мира падали и помощи им не оказала? Я бы их все равно не спасла, скорее вместе с ними погибла. А так сильнейший некромант погиб, а вместе с ним сильная ведьма и маленькая беззащитная девочка, у которой дар еще полностью не раскрылся, осталась совсем одна, без присмотра. Брат-то ее занят был, на него неопытного вся мощь некромантского источника свалилась, который раньше их отец сдерживал. Вот я и воспользовалась ситуацией.

- И что из того если она в браке несчастной будет? - подал голос царь.

- Растоптанная, уставшая, потерянная колдунья. Дар полностью не раскроется. Она будет обижена на всех и вся, несчастна в браке и тогда, когда у нее появятся первые признаки дара, испугается, а затем появлюсь я. Стать для нее лучшей подругой, наставницей, любимой тетушкой особого труда не составит. У нас будет ручной некромант. Ради моей прихоти она будет делать все, а когда обуздает свою магию, можно будет натравить ее на ее же братика. Победит и источник некромантов мой, ну а поубивают друг дружку результат тот же. И тогда все остаются при своем. Мне источник, а тебе молодильные яблочки.

- А ты не думала, кто будет сдерживать источник, если оба некроманта погибнут? Сама же говорила, что он его еле под контроль взял.

- Он выгорит, но не полностью. Мне хватит.

- И при этом по округе разгуляется куча не упокоенных, - неодобрительно покачал головой царь.

- До твоих земель они не дойдут.

- Хорошо, то твои дела, - махнул Горох рукой. - А как мне ее замуж за Ивана выдать?

- Пусть вечером опять свою загадку загадает. Она всегда им три дня дает на то, чтобы найти ответ. Пусть думают, а ты ей за это время в питье вот это зелье подливать будешь. К исходу третьего дня она в живую куклу превратится, как пять лет назад. Помнишь? Вот и скажешь вместо нее, что правильный ответ у боярина Ивана. В тот же день свадьбу играй. А когда она в себя придет, что-либо менять будет поздно. Все Горох, ухожу я. Через три дня свяжешься со мной, через переговорное зеркальце и не зови меня больше по пустякам в дневное время. Не люблю солнечный свет. Нужна будет помощь, ночью зови, когда сил у меня больше.

Послышался громкий хлопок и опять настала тишина.

- С такими друзьями и врагов не нужно, - очень тихо проговорил царь Горох. - Дернул же меня черт с ней связаться, но ведь и стареть не хочется. Надо бы что-то придумать, а то не ровен час, когда заберет Елену и от меня избавится, - помолчав царь добавил. - Зачем я ей буду нужен тогда?

Царь Горох встал, походил из одного угла комнаты в другой, а потом вышел, стукнув дверью, а Елена с облегчением выдохнула.

- И что теперь делать? - посмотрела царевна на Симона.

- Бежать. Мур-мяу, - мурлыкнул кот и стал красться по крыше по направлению к лестнице, Елена за ним последовала.

- То, что бежать это и так понятно, - прошептала Елена, догнав кота. - Такой судьбы я не хочу, уж лучше вы сожрете. Лучше так, чем этой непонятной ведьме служить, которая кажется виновата в смерти моих родителей. Кто она?

- А я почем знаю? Ядвиге расскажем, она должна знать. Никто тебя есть, не собирается. Сейчас спустимся и пойдем в твою спальню. Оденешься как человек, то есть как принцесса, чтобы вечером женихов встретить. Покажешь дядюшке покорность, пусть успокоится. Они тебе подарки будут дарить примешь.

- Вот еще, - поморщилась Елена.

- А я сказал, примешь, - настоял кот. - А главное подарок заморского княжича прими и не открывай, из рук его не выпускай, потом с собой в спальню заберешь.

- Это еще почему?

- Так надо, - вздохнул кот и такую мину на кошачьей мордочке состроил. В ней так и читалось крупными буквами "За что мне все это". - А потом можешь свои загадки загадывать.

Елена спустилась по лестнице вниз, отошла чуточку в сторонку и отряхнула свою одежду от пыли.

- Ах, ты поганка, вот ты где, - раздался раздраженный голос Глаши. - Мы ее по всему дворцу ищем, а она туточки возле груш сидит. Ты посмотри, на кого похожа!

Глаша подхватила царевну под руку и стала тянуть за собой. Елена по сторонам стала оглядываться, искала кота глазами, когда рот открыла позвать его, вспомнила, что ей Симон говорил, промолчала и дала няньке себя увести.

ГЛАВА 2

В тронном зале сидел царь Горох, возле него царевна Марьяна, разодетая в одежды цвета золота, волосы белокурые, глаза как два сапфира, внешность кукольная вот только все портил надменный, неприязненный взгляд, которым она окидывала присутствующих тут людей. Взгляд ее менялся только тогда, когда девушка смотрела на широкоплечего, статного царевича из тритретьего царства или на заморского княжича. Княжич хоть поменьше в плечах был, чем царевич, но хорош собой. Тоже весь подтянутый, одет в черные одежды, из-за чего больно бледным казался, волосы черные как вороново крыло в косу длинную заплетены, а глаза как голубые льдинки, внимательные. Холодом от него веяло.

- Папенька долго мы еще тут сидеть будем? - наклонилась Марьяна ближе к отцу, стреляя глазами в княжича, он ей больше понравился. – Я танцевать хочу!

- Сестра твоя придет, загадку загадает, и можешь танцевать или уходить. Привыкай дочь, процедуру выдерживать. Тебе в будущем царицей становится.

- А разве для царей правила существуют? - небрежно спросила царевна. – Что хочу, то и творить могу!

Царь Горох не успел своей дочке ответить, только успел воздуха в легкие набрать, но тут двери отворились, и в зал вошла Елена Прекрасная. Сегодня она действительно была Прекрасной. Не мальчишка в подранных штанах и широкой рубахе, а стройная, среднего роста девушка, одетая в черное платье, отделанное серебряной вышивкой, ее тонкую талию подчеркивал широкий пояс, то же серебром украшенный. Волосы в две толстенные косы заплела, а на лоб повязала ленту обережную с вышивкой, украшений не одела. Царь Горох, воздухом подавился, рассматривая свою племянницу. Хороша, красива, но как на его взгляд слишком мрачная у нее одежда.

Царевна Елена остановилась, поприветствовала гостей, столкнувшись взглядом с заморским княжичем, немного смутилась, быстро проследовала к своему дяде, заняв стул по левую от него сторону.

- Не могла, что поярче одеть? - прошептал недовольно Горох, покосившись на племянницу. - Словно в трауре.

- Так оно так и есть дядюшка. Я замуж не хочу, а вы все упорно женихов кличете.

- Замуж она не хочет, - проворчала Марьяна. - Цену себе просто набиваешь. Возомнила красавицей, вот останешься ни с чем.

- Зато ты сестричка за первого попавшегося выскочишь, - усмехнулась Елена. - Вон даже на моих женихов заглядываешься. Может, себе заберешь? Я не жадная, поделюсь.

- Да ты, - возмутилась Марьяна, покраснев от злобы как рак.

- Успокоились обе, - зашипел царь. - Мне еще бабских склок на приеме не хватало.

Девушки постреляли друг в дружку глазами, но замолчали.

Потом речь взял царь, приветствуя гостей. После этого застолье, на котором Елена только делала вид, что ест и пьет.

Затем последовали танцы, от которых Елена осталась не в восторге. Боярский сын Иван вел себя так словно он уже ее муж. Сжал и к себе притиснул, думала, что ребра сломает, в отместку оттоптала ему ноги, сделав вид, что совершенно не умеет танцевать. Царевич из тритретьего царства, танцуя с ней, все пытался выведать размер ее приданого, Елена отшучивалась, а в душе кривилась, понимая, что царевича не она, а ее возможные деньги интересуют ну либо земли. Из всех достойно вел себя только княжич, он все время молчал, только в ее глаза заглядывал, и взгляд его был печальным, в танце вел прекрасно. Елене почему-то казалось, что она давно знает его. Она испытывала к нему симпатию, но не как к мужчине, а как к другу, к близкому человеку, сама не могла понять почему.

Поэтому, когда он вернул ее на место, кусала губы до крови и нервничала.

- Не кусай губы, - мурлыкнул Симон появляясь возле Елены. - И не косись на меня, кроме тебя, меня никто не видит, - помолчав, добавил. - Почти.

- Ну, что же, - встал царь Горох. - По уже сложившейся традиции, царевна Елена Прекрасная загадает загадку. У вас будет три дня, чтобы найти правильный ответ. Тот, кто отгадает загадку, станет ее мужем.

- Я бы хотел прежде сделать подарок царевне, - подал голос царевич из тритретьего царства.

- Подкупить царевну хочешь? - вмешался боярский сын Иван, в его голосе сквозило возмущение.

- А кто тебе не дает тоже сделать подарок? - усмехнулся заморский княжич. - У меня тоже есть подарок для царевны. Разреши царь батюшка сначала красной девице дары вручить, а после пусть свою загадку загадывает.

- Почему бы и нет, - развел руками Горох. - Дозволяю.

Царевич подарил бусы из жемчуга, на золотой нити. Боярский сын скрепя зубами подарил кольцо из злата, по размеру оно Елене не подходило, великовато было, а княжич подошел, тепло улыбнулся и шкатулку ей малахитовую вручил, вот в нее- то Елена мертвой хваткой вцепилась, из рук не выпуская, как Симон учил.

- И что там? - полюбопытствовала Марьяна, заглядывая через плечо царя батюшки, любопытство царскую дочь душило. – Неужто не посмотришь.

- Посмотрю, - усмехнулась Елена, а потом добавила. - Потом. Я могу загадывать загадку дядюшка?

- Загадывай, - дал он свое дозволение.

- Моя загадка, - Елена обвела взглядом женихов, задержавшись мельком на княжиче. Чудилось ей, что знает она его, но не может вспомнить. - А загадка моя очень простая. Подумайте, красны молодцы и ответьте, что может ослепить ярче солнца? - Елена увидела, как царевич из тритретьего царства усмехнулся и стал рот открывать, видать был уверен в своем ответе. Тогда царевна вздохнула, давая рукой ему знак, помолчать и проговорила. - Хорошо подумайте над ответом. Не все, то, что лежит на поверхности, может правдой оказаться. Встретимся через три дня, - Елена развернулась к дядюшке, голову склонила в почтении. - Царь батюшка отпусти меня отдохнуть, устала очень.

- Ступай, - дал свое дозволение царь.

Елена еще раз ему поклонилась, забрала свои подарки и быстро ушла прочь, пока царь не передумал, а за ней Симон побежал следом.

Когда они достаточно далеко отошли от тронного зала, кот не выдержал:

- Ну и, что может ослепить сильнее, чем Солнце?

- Понятие не имею, - усмехнулась Елена, не останавливаясь, она спешила в свою комнату.

- То есть? - удивился Симон, даже притормозил сначала, а потом побежал быстрее, Елену догоняя.

- Да потому что правильного ответа нет. Чтобы кто ни сказал, ответ будет неправильный, даже если он в теории правильный. Поэтому загадки я загадываю, особо не задумываясь. Правильный ответ будет зависеть от того, что женихи скажут, - усмехнулась царевна.

- Ты не человек, ты точно нечисть, - восхитился Симон. - Это же надо так женихам голову морочить. Это получается ни у кого даже шанса не было угадать?

- Получается да, - тихо рассмеялась Елена Прекрасная.

Царевна вбежала в свою комнату, захлопнув за собой дверь, сразу на засов ее закрыла, а то набегут сейчас няньки-мамки и служки, а ей на содержимое малахитовой шкатулки хочется посмотреть. Да и с котом поговорить, это получается у них три дня, чтоб из царства царя Гороха убраться. Сейчас она была готова и к Бабе Яге пойти, в ноги упасть, попросив приютить, лишь бы здесь не оставаться. Елена к закрытой двери спиной прислонилась, выдохнула с облегчением, потом вздохнула, дальше пошла, поставила на стол малахитовую шкатулку, распахнула ее, замерла как зачарованная от восторга.

- Какая прелесть! - восхитилась Елена, доставая из шкатулки хрустальный череп. Подняла его прямо на уровень своих глаз, дунула и ойкнула, её волной жара накрыло, так, что царевна еле на ногах, устояла. – Ой... - стала ртом воздух хватать, закрыла глаза, облокотилась на стол, так как слабость в ногах почувствовала, а череп к груди прижала, боялась упустить.

- Что, ой? – кот, который до этого на закрытую дверь задумчиво взирал, в ее сторону развернулся. - Ты, что творишь ненормальная, а ну обратно его ложи, - зашипел Симон, запрыгнув на стол, осуждающе на нее посмотрев. - Ни на минуту нельзя без присмотра оставить, откуда ты такая любопытная на мою голову свалилась? Назад ложи, не держи в руках.

- Я не сваливалась, ты сам ко мне пришел, - возмутилась царевна, распахнув глаза. - Почему его нельзя в руках держать? И что со мной? - Елена все же выполнила просьбу кота, аккуратно положив череп назад в шкатулку.

- Да потому, что ты только что запустила процесс активации своего дара раньше времени. И что теперь делать? Мур-мяу, - нервничал кот. - Теперь мышь эта летучая почует, что в тебе сила стала стремительно просыпаться и сюда явится, а Кощей тут полной силы не имеет, словно запечатанный. Он и так ослаб после полного укрощения источника, ему не один год понадобился, чтобы сродниться с ним.

- А причем тут Кощей, - растеряно спросила Елена, наблюдая, как кот сунул нос и лапы в шкатулку, рассматривая, перебирая ее содержимое. – Боги, во что я вляпалась? Кот говорящий, Баба Яга,

Кощей, еще какая-то мерзость летучая, женихи и дядюшка. Вот за что оно все на мою голову?

- Нет времени. Мур-мяу. Вон кольцо из магического металла, черное, тоже с черепом, видишь? - Симон своими желтыми глазищами на Елену посмотрел. - Быстренько берешь его в ручки, одеваешь на средний палец и три раза поворачиваешь по часовой стрелке.

- Зачем? - Елена все делала на автомате. Подхватила кольцо, быстро надела на палец и прокрутила, как говорил Симон.

Пространство перед ней замерцало, у Елены даже рот приоткрылся, она шаг назад сделала, подобного раньше не видела.

- Хватай шкатулку и вперед в портал, - Симон не выдержал, царапнув царевну по руке, привлекая ее внимание.

В это время в дверь стали громко стучать, Елена отмерла, испуганно оглянувшись на двери, захлопнула малахитовую шкатулку, подхватила ее под руку, другой рукой подхватила возмущенного Симона и вбежала, не раздумывая в портал.

Оказались они аккурат в дремучем лесу. Ночь кругом, огромные деревья вокруг, на небе полная луна, рядом речка, слышно журчание воды, плеск и девичий смех.

Царевна Елена, испуганно остановилась, обернувшись назад, мерцающий портал за ее спиной, развеялся, словно и не было его. Симон выскользнул с ее рук, на землю прыгнул и выгнулся, головой потрусил, потом сел, на нее обиженно посмотрел. А Елена по сторонам озирается, не привыкла царевна к таким местам, боязно, тем более тени тут странные, что от света луны причудливые формы приобретали, заставляя буйную фантазию оживлять потайные страхи.

- Ух, ух, - раздалось над головой царевны.

- Мамочки, - Елена попятилась, прижимая к груди малахитовую шкатулку, а когда рядом в кустарниках треск послышался и вой, так ее сердце вскачь пустилось, и она развернулась, бросившись наутек.

- Стой, ненормальная, - побежал за ней Симон.

Елена бежала, не оглядываясь, ноги сами ее несли, у страха то, глаза велики. Хорошо храбриться было дома в царском тереме, а вот так оказавшись в диком лесу, где за каждым шорохом чудился лютый зверь, виделись духи лесные, и монстры о которых она в книжках дядиных много читала, как-то не до храбрости стало. Кто знает куда бы она убежала, выбери другой путь, а так пробираясь без оглядки сквозь густые заросли кустарника, ветки которого так и норовили оцарапать или хлестнуть по лицу, царевна не заметила, как выскочила из него, споткнулась об корягу и съехала с небольшого склона прямо к берегу реки.

За ней следом Симон с холмика съехал, прямо в её спину впечатался, обиженно мяукнув, а Елена глаза зажмурила, глупо, конечно, но оно само так вышло, словно детскую свою привычку вспомнила. Её как будто холодной водой окатило, в памяти всплыл образ маленькой девочки, которая в чулане пряталась, зажмурив глаза, а потом ее на руки женщина подхватила, красивая, теплая, спасая от страхов, в груди сразу так тепло стало, царевна ладонями вцепилась в траву, а по ее щеке сбежала слезинка.

Рядом послышался плеск воды, потом женский смех, необычный такой, словно ручеек чарующе журчит.

- Посмотри Антип, к нам, кажется, новая сестричка прибежала, - засмеялась звонко одна из женщин.

- Какая она миленькая, - вторил ей другой голос не менее мелодичный.

- Вы посмотрите, какие на ней страшные, черные одежды. Ну, где она миленькая, - проворчал, ревниво третий голос, а Елена все боялась глаза открыть, а еще чувствовала, как затих сзади нее Симон, стараясь не обнаружить своего тут присутствия.

- И кто, ты, такая будешь? - раздался сильный мужской голос, потом опять послышался плеск воды. Тот, кто эти слова произносил явно сейчас выходил из воды на берег.

Елена, осознавая это, заставила себя открыть глаза и непроизвольно стала отползать назад. Прямо напротив нее речка, уютный берег, тут несколько ив растет, камыш. А из воды выходит мужик, одетый в одни штаны и те мокрые, за его спиной три русалки. Как есть три русалки. Прекрасные девы морские с рыбьими хвостами, Елена тяжело сглотнула, сразу вспомнив все байки, которые ее служанки шептали: "Если в руки к русалкам попадешь, живой уже не воротишься, особенно, в полнолуние. Утопят, превращая в подобие себя".

Взгляд царевны сам собой к луне потянулся, передернула испугано плечами, а мужчина этот странный, за ее взглядом проследил. Подошел ближе, присев на корточки, стал ее пристально рассматривать. Елена опасливо назад покосилась, оценивая возможность быстро взобраться по склону назад к густым кустарникам, там вон и сосенки вековые стоят, вот оказаться бы сейчас на самой её верхушке.

- Не успеешь, - прошелестел мужской голос. - Я быстрее и сильнее. И ты правильно на луну посмотрела. Сегодня полнолуние, ночь особенная, могу простого смертного человека обернуть в русалку или подобием себя сделать.

- А ты что тоже русал? - у царевны на секунду страх пропал, и она на его ноги посмотрела, даже вбок наклонилась, пытаясь ему за спину посмотреть.

- И что ты там хочешь увидеть? - засмеялся он.

- Хвост, - нервно хмыкнула Елена, переведя взгляд на его внимательные глаза. - Ты же русал?

- А ты забавная, - улыбнулся незнакомец. - Я водяной, а не русал. Будешь моей седьмой женой.

После этих его слов русалки в речке притихли, злобно засопели, они явно не одобряли решения то ли своего мужа, то ли своего повелителя.

- Не, не, не, - покачала царевна отрицательно головой. - Мне такого счастья не нужно. Мало того что женой, так еще и седьмой.

- А я тебя не спрашиваю, - холодно улыбнулся этот красивый, но явно жестокий мужчина. - Я тебя перед фактом ставлю. Ты человечка мне понравилась, грех не воспользоваться ситуацией, - водяной стал подниматься на ноги и уже сверху вниз на нее смотрел. - Сама в воду пойдешь? Или силой нести?

Елена стала назад отползать, нечаянно прижала хвост, запрятавшегося за ее спиной,, Симона. Тот зашипел и когтями ей в спину впился, тут и царевна не выдержала, взвизгнула, дернувшись, пытаясь высвободить свою спину от его когтей. Водяной мерзко улыбнулся, стал к ней наклоняться, Елена опять взвизгнула, вскидывая руки, чтобы водяного от себя оттолкнуть, и сама ошарашено застыла, наблюдая затем что произошло.

Из ее рук неведомая сила вырвалась, как поток сильного ветра, отбросив от нее водяного, аккурат аж на другой берег. Он знатно проехался по земле, остановившись у самого ствола толстого дуба, что на том берегу рос. Русалки взвизгнули, стали причитать, даже ее пообзывали и нырнули в воду, стремительно поплыли в сторону противоположного берега, туда, где сейчас водяной лежал.

Елена вскочила на ноги, неуверенно пытаясь рассмотреть, что происходит на противоположном берегу, она часом не зашибла водяного.

- Чего стоишь, ноги нужно делать, - зашипел Симон. – Очухается водяной, проблем не оберемся.

- Это я его?

- Ну не я же, - возмутился кот, быстро взбираясь на холм, - Бежим.

Да только уйти они не успели. Водяной пришел в себя, поднялся на ноги, злобно посмотрев в их сторону, а потом просто перенесся прямо к ним. Вот он стоял там, а уже тут, напротив Елены, окидывает ее злым, холодным взглядом. На этот раз и Симона приметил, сузив глаза, растянул губы в тонкой улыбке.

- Так, так, так, - прошептал водяной. - Значит тут и Ядвига замешана, ты же Симон не просто так мимо проходил?

- Уйди Антип. Обидишь нас, Ядвига потом тебе хвост оторвет, - кот сбежал вниз и уселся возле Елены, сердито взирая на водяного, но был готов в любую минуту спрятаться за Еленой.

- А ты, значит, непростая человечка? Ну, так даже лучше.

Антип поднял руки, вызывая поток воды из реки, и направил его на Елену, та испуганно тоже вскинула одну руку, в другой шкатулку держала, почувствовала тот же жар в ладони, что и перед этим, из нее опять вырвался поток воздуха. Вот так, они силами с минуту мерялись, но Елена явно ему уступала. Один миг и стремительный поток воды накрывает её и кота с головой, Симон прыгает ей на плечо, крепко цепляясь когтями, вода сбивает с ног, унося потоком вверх, прямо по склону, бьет об ствол дерева, а потом отпускает, убегая от них прочь.

Пока Елена с Симоном отплевывались от воды и приходили в себя, внизу слышался тихий смех Антипа. Промокшая до нитки Елена посмотрела на Симона.

- Что мне делать?

- Помощи попроси, - Симон лапой вытирал свою мордочку.

- У кого? - всхлипнула Елена, она видела, как к ним медленно поднимается водяной, оценивая злым, прожигающим взглядом. - И чего это он? Я ведь его не трогала первой.

- Трудное детство, отсутствие воспитания, дурная компания, - вздохнул Симон. - У морского царя на воспитание детей времени не хватает, да и вину он свою перед ними чувствует. Что не женится, а жены его, как только ребенка родят, забирают дар, который им положен после рождения дитя и только хвост их и видели. Вот и разбаловал детвору свою морской царь, а мы мучаемся, страдаем.

А помощи ты у земли проси. Пальцами прямо в землю немного проникни и попроси защиты, а...

Договорить Симон не успел, Антип к ним поднялся и опять напротив Елены на корточки присел.

- Какая забавная у тебя шкатулка, дай посмотреть, - он наклонился и без дозволения вцепился руками в малахитовую шкатулку, потянул на себя, а Елена со своей стороны в нее мертвой хваткой вцепилась. - Отдай по-хорошему, - прошипел Антип.

- А тебя не учили, что чужое брать нельзя? - тоже стала злиться Елена, и куда только тот страх делся.

- Так мы уже почти семья, - засмеялся Антип. - С воздушными магами я еще не был знаком.

- Елена земля, мур-мяу, - шепнул ей на ухо Симон.

- Что земля? - Услышал его все-таки Антип.

Елена поморщилась, одной рукой пыталась удержать шкатулку, другую нервно приложила к земле, попробовав как можно глубже пальцами в нее зарыться.

- Прошу защиты, - прошептала она, ничего не происходило, а Антип вопросительно приподнял брови, с любопытством наблюдая, даже шкатулку перестал забирать. И такая злость Еленой завладела, она на одном дыхании выплюнула. - Защити, защити, я тебе сказала.

- И? - смеялся Антип. - Я уже должен бояться?

У царевны чуть ли слезы из глаз не потекли, как вдруг земля под ними задрожала, ощутимо так задрожала. Антип на ноги подскочил и от нее попятился, а Елена по сторонам стала осматриваться, пытаясь понять, что происходит. Прямо в полуметре от Елены, разверзлась земля, выпуская из своих недр массивного скелета. Он пустыми глазницами на Елену посмотрел и зубами клацнул, она взвизгнула, на ноги поднимаясь.

- Некромантка, - выдохнул Антип, быстро сделал шаг в ее сторону, но скелет сразу на него ринулся, тогда водяной, поморщился и отступил, а потом перенесся к водяной кромке, растворяясь в ней.

- Ушел, - мурлыкнул радостно Симон. - Я уж было подумал, не дождемся Ядвигу.

Скелет, потеряв из виду, объект, который преследовал, гремя костями, развернулся и стал к ним возвращаться. Елена завизжала, выпустила из рук шкатулку, полезла на сосну, шустро так полезла, а Симон, переводя взгляд с карабкающейся Елены на приближавшегося скелета, тяжело вздохнул и последовал за царевной.

Когда они вдвоем с царевной удобно расположились на ветке, наблюдая, как вокруг сосны ходит скелет, клацая зубами и жалобно посматривая наверх, Симон тяжело вздохнул:

- Ну и чего ты сюда полезла?

- А я тебя не держу, - нервно хохотнула Елена. - Можешь слезть. Вон внизу, тебя какая компания шумная дожидается.

- Я без тебя к нему не полезу, - печально пробурчал кот.

- А я и с тобой к нему не полезу, - устало проговорила Елена.

- Он твоё творение и чего ты его боишься?

- Ну не знаю, водяной вон тоже убедительно так, ноги сделал. И я, знаешь ли, с ним солидарна в этом вопросе. С нежитью знакомиться очень близко не хочу. Хоть он так дружелюбно клацает полупустой челюстью.

- Но ты его сотворила, вызвала, - устало проговорил кот.

- Это когда я такую мерзость вызвала? – возмутилась Елена.

- Когда помощи у Земли попросила и защиты, - мурлыкнул Симон.- Хотя ты точнее даже не попросила, а буквально потребовала её.

- Я такой мерзости не требовала, - Елена плотнее прижалась к толстому стволу дерева, обхватив его руками, чтобы точно не свалиться с него. Печально посмотрела вниз, где стоял скелет и радостно ей махал рукой. - Когда твоя Яга придёт? - поежилась царевна, сидеть ночью в мокрой одежде на высоком дереве было очень неуютно.

- Уже идет, но мы еще в пределах царства Гороха, а тут как знаешь, защитные барьеры стоят. Нам бы к Заповедному Лесу ближе подойти, тогда дома будем, в безопасности. Развей его, - кот лапой в скелет ткнул.

- И как ты себе это представляешь? Вот так, ткнуть в него пальцем и сказать развейся? - Елена, произнося это все еще и продемонстрировала, а потом замерла сглотнув. Потому что после ее последних слов, стоявший внизу скелет, просто взял и рассыпался в прах. - Так это я, что ли некромантка? - царевна неуверенно посмотрела на Симона.

- А что я тебе уже час пытаюсь сказать? Мур-мяу.

- Какой кошмар, - Елена стала с сосны слезать.

Когда они с котом спустились с дерева, царевна собрала рассыпавшиеся предметы из малахитовой шкатулки, аккуратно слаживая их обратно. На небе все еще светила полная луна, до утра далеко.

- И куда теперь? - вздохнула царевна, удобнее перехватывая шкатулку.

- Навстречу Ядвиге пойдем, - кот с ноги на ногу стал переступать. - По нашему следу Кощей уже идет, но ждать его тут опасно. Милика ведь тоже тебя ищет.

- Да что им всем от меня нужно, - застонала Елена, села на землю, положив шкатулку рядом, и обхватила свою голову руками. - Как же болит, - застонала она.

- С непривычки, - пожалел ее кот.

- Хочу, чтобы все от меня отстали, оставили в покое, - Елена сильнее сжала свою голову руками, а потом потерла пальцами виски.

- Это вряд ли милочка, - раздался уже знакомый женский голос совсем рядом.

Елена дернулась, и посмотрела в ту сторону, откуда голос доносился. Под кронами одного из деревьев стояла женская фигура, скрытая темнотой.

- Милика? - прошептала Елена Прекрасная.

- Она самая, - женщина, не таясь, вышла из-под своего укрытия. Её осветил лунный свет.

Высокая, бледная, в черном обтягивающем платье, волосы черные, глаза желтые, с вытянутым зрачком, на руках длинные пальцы, с острыми когтями вместо ногтей.

- Ты что такое? - прошептала царевна.

- Бывшая колдунья, - засмеялась Милика. - Я стала настолько могущественной, что превратилась в повелительницу теней. За силу пришлось заплатить образом жизни, но оно того стоило. А вот ты, проблемный ребенок, меня расстроила и это уже второй раз. Первый раз, когда тебя пришлось силой к царю Гороху тянуть, мало того, что брыкалась, еще и укусила, а второй раз вот сейчас. Не нужно было сбегать Елена, а теперь мне тебя убить придётся, в ученицы ты не годишься более и память после того, как твой дар проснулся, уже тебе не прочистишь. А жаль, я совсем по-другому хотела.

Мелика вплотную подошла к Елене, наклонилась, схватив ее за подбородок, и голову из стороны в сторону повертела. Когда Симон, шипя, бросился на колдунью, она отбросила его взмахом руки в сторону и вырастила вокруг него теневые решётки, не выпускающие кота за свои пределы. Он бился в клетке, шипел, но стоило ему коснуться прутьев, как словно обжигался, жалобно мяукая.

- Отпусти его, - дернулась Елена, только из руки Мелики выскользнули тени, опутывая царевну по рукам и ногам, крепче любой веревки.

- Ты на мать свою похожа, - усмехнулась Милика. - От отца, считай, ничего не досталось. Волосы светлые, глаза как у ведьмы зеленые. Вот откуда в тебе сила некромантии?

- Ты убила моих родителей? - пытаясь высвободиться, прошептала Елена.

- Нет, - качнула головой колдунья. - Роковая случайность. Они с тобой вместе у меня в гостях были, когда открылся разлом в подземный мир. Огромный. Нас бы всех утянуло туда, да и мир перестал бы быть прежним. Твой отец, решил помешать этому. Прыгнул туда, на ту сторону. Он был очень сильным магом - некромантом. Твой брат ему не чета, но и у отца твоего сил не хватало, чтобы закрыть разлом, тогда за ним последовала ваша мать. Вот вместе они его захлопнули, правда, сами там остались.

- Вы дружили? - ошарашено спросила Елена.

- Это нельзя назвать дружбой, - рассмеялась Милика. - Между сильными магами не бывает дружбы, временные союзы, когда есть выгода. На тот момент мне было выгодно "дружить" с твоими родителями.

- Если бы ты пошла вместе с ними, они бы остались живы?

- Кто знает, - улыбнулась колдунья. - Может да, а может нет, но я не страдала таким альтруизмом как они. Это глупо, приносить себя в жертву миру, который даже спасибо потом не скажет. Но обвинять меня в их смерти ты не можешь, - засмеялась Милика. - Они знали, что я не последую за ними. Сознательно пошли на такую жертву. Единственное, в чем можешь винить меня ты, это в том, что изменила твою судьбу. Останься ты с братом, вы бы оба превзошли своих родителей по силе, а так, на двух сильных магов стало меньше. Но я не хотела тебя убивать, ни тогда, ни сейчас, а вот теперь ты не оставила мне выхода.

- Но зачем тебе это?

- А зачем мне под боком два сильных некроманта? - Милика выпрямилась, потянув за теневые концы веревки, сильнее сжимая путы. - Я просила твоего отца, дать мне доступ к Бессмертонму источнику, но он отказал. Думала, что соблазню его, появилась твоя мать, а затем вы. Сначала твой братец, потом ты и оба как на подбор очень сильные в перспективе колдуны. Я с этим поделать ничего не могла, поэтому не беспокоилась. А потом, когда случай удачный подвернулся, почему не воспользоваться? С гибелью Кощея старшего, источник разбалансировался без своего хранителя, взбунтовался, и твоему братцу пришлось его усмирять. Он хоть старше тебя на семь лет, но в девятнадцать лет к такому не готов был. Для нас долгоживущих девятнадцать - двадцать лет — это капля в море. Он и сейчас по магическим меркам желторотый птенец, правда, удержать источник смог. Если бы ты рядом с ним тогда была, вдвоем бы вы справились быстрее, а так и он по краю ходит, рискуя в силе источника утонуть, и из тебя маг непосредственный получался. Когда сила долго спит, ее сложно восстанавливать. А знаешь, кто силу твою связывал, сам того не зная? Дядька твой, у вас с ним кровь одна. Если мать ваша ведьмой была, то он своеобразный гаситель. Он не маг, но каким-то образом силу вашего женского рода связывал. Это он не давал твоему дару проснуться и из-под контроля выйти, сохраняя мои блоки в течение многих лет целыми, а ты не давала ему стареть. Кровь бессмертных, чуя рядом родственную удлиняет ее жизнь.

- А он думал, что ты ему молодильные яблоки носишь.

- Значит, мне не показалось и нас с Горохом подслушивали, - засмеялась Милика. - Как же нехорошо царевна подслушивать, хотя я знаю кто тебя на это сподвигнул. Если тут кот Яги, значит, и она к этому руку свою приложила. Еще одна головная боль, но она хоть дальше Заповедного леса свой нос не высовывает.

- Я не понимаю, все равно не понимаю, зачем тебе все это? Только, чтобы не дать нам с братом силу обрести? Вывести некромантский источник из строя, дать ему перегореть? Или ты просто любила отца и таким способом мстишь?

- О нет, вашего отца я не любила, - расхохоталась колдунья. - Любовь — это понятие абстрактное. Оно для наивных дурачков Елена. Нет ее, есть выгода, есть расчет, а все, что вы под словом "любовь" прячете, это дурость в чистом виде. Зачем мне это нужно? - Она опять рядом с Еленой присела и когтем провела по ее щеке. - Власть, сила, да много чего. Гораздо лучше быть самой сильной, чем одной из сильных. Гораздо лучше пользоваться крохами чужого источника, чем вообще ничего с него не получать. Глупо не воспользоваться случаем, который он сам тебе в руки упал. А все эти громкие слова: жалость, любовь, сострадание. Это глупость и слабость. Но мы заговорились с тобой царевна.

Милика занесла руку с когтями для удара, но ее отвлек фамильяр Бабы Яги. Симон зашипел и рванулся на теневые прутья, пытаясь освободиться, его отбросило, и кот упал, не подавая признаков жизни.

- Вот видишь, как глупо, - приподняла одну бровь Милика, посмотрев на сотворенную ей теневую клетку.

Она не заметила, как Елена закрыла глаза и по ее щеке покатилась одинокая слеза, а пальцы царевны просочились сквозь густую траву и коснулись сырой земли. Колдунья не заметила, как сжались челюсти Елены, как она смяла в кулак траву под своими ладонями, а потом резко распахнула глаза. На Милику смотрела уже другая Елена, более сильная, более уверенная в себе. Когда колдунья перевела взгляд с клетки, где был заточен фамильяр, на царевну ее брови поползли вверх, она скривилась и, размахнувшись, нанесла удар. Вот только цели он не достиг. Из земли полезли костлявые руки и перехватили руку Милики не дав нанести смертельный удар. Та взвизгнула, вырвала свою руку из костлявого захвата и отскочила назад. Из земли вокруг Елены вылазили скелеты и направлялись к колдунье. Та наотмашь отбивалась от них теневыми плетями, а потом стала связывать их, как связала Елену, и те рассыпались в прах. Колдунья тяжело дышала, но ей удалось справиться со всеми вызванными Еленой скелетами.

- Я все еще сильнее Елена, - Милика выпустила из своей руки, теневую плеть, которая как змея поползла по земле к царевне и обвила ее шею. - Прощай царевна. - Колдунья потянула плеть, сдавливая горло царевны.

В небе загремел гром, заискрились молнии, и открылся портал, из которого выскочил злой Кощей Бессмертный. Это был тот самый заморский княжич, который Елене малахитовую шкатулку подарил. Он одет в те же черные одежды, еще более бледный, черты его лица заострились, волосы растрепались, уже не были уложены в идеальную косу, а глаза как два голубых озера, холодные, душу выедающие.

- Елена, - как раненый зверь зарычал Кощей, и его глаза полностью чернота заволокла.

Млика одной рукой удерживала теневую плеть на шее царевны, а другой запустила такой же плетью в Кощея, только он ее с легкостью отбил. Кощей вскинул руку, из нее вырвались разряды молний, колдунья от них теневой плетью стала отбиваться. Разрываться на два фронта между Кощеем и Еленой ей было сложно, поэтому Милика со всей силы рванула на себя плеть, которая сдавливала шею царевны. Елена захрипела, дугой выгибаясь. Послышался рев Кощея, он как темный вихрь налетел на Милику, отбрасывая ее в сторону, упал на колени возле Елены, стал теневые путы руками разрывать, освобождая ее.

Царевна, когда горло ее от плети освободилось, стала ртом воздух хватать, чтобы отдышаться.

- Спасибо, - немного сиплым голосом проговорила Елена, поднимая голову на Кощея, а потом в ее глазах застыл ужас. - Сзади.

Елена схватила его за руки, потянув в бок, уводя, таким образом, от удара. Да только теневая стрела успела плечо Кощея пронзить, тот поморщился от боли, схватил ее рукой. По его ладони побежали энергетические разряды, разрушая теневую материю.

Поднялся Кощей на ноги, развернулся и направился к колдунье Милике - Повелительнице теней.

Завязалась между ними битва, в которой никто уступать не хотел, уступишь - погибнешь. И если Милика только за себя билась, то за Кощеевой спиной еще жизнь его сестры стояла.

Сильна была Милика, опытна, раны на ней сразу же затягивались, а Кощею тяжело приходилось, молод еще слишком. Нестабилен был князь некромант, источник усмирил, много сил на это потратил, полностью восстановиться не успел. Колдунья постепенно его теснить начала, Елена попробовала скелетов призвать, но в этот раз у нее не получилось.

- Что же делать? - царевна поднялась на ноги, стояла пошатываясь.

Бросила взгляд на увесистую ветку, что рядом на земле лежала.

- Это вряд ли поможет, - раздался рядом тихий приятный женский голос.

Елена резко развернулась, приготовясь удар нанести, но миловидная молодая девушка, что за ее спиной стояла, только головой покачала.

- Будет тебе Кощеевна, нужно думать, как брату твоему помочь. Ядвига я - хозяйка вот этого обормота, - Ядвига пас рукой сделала и у нее на руках материализовался Симон. Живой здоровый, только вялый, уставший. Он протяжно мяукнул и потерся об руку Бабы Яги.

- Кощеевна? Брату? - Елена бросила взгляд на Кощея опять руками за виски схватилась. - В голове каша. Вот почему княжич мне знакомым, родным кажется, но я не могу вспомнить его, - потом Елена на кота посмотрела, дала волю эмоциям всхлипнула и забрала его с рук Ядвиги. - Живой, - выдохнула царевна, гладя его по черной шерстке.

- Меня обижали, - стал жаловаться тем временем кот своей хозяйке. - Антип водой нас с Еленой окатил. Ее вообще русалкой хотел сделать, - сдал водяного Симон. - А эта, в клетку бросила, - он головой мотнул в сторону Милики. - Я лапы себе обжег. Яда мне по деревьям пришлось лазить и, вообще, я голодный.

- Есть хочешь, значит, быстро силы восстановишь, - усмехнулась ведьма. - Антип — это меньшая проблема, с ним после поговорим, а вот с ней что делать? - Ядвига посмотрела на бой Кощея с Повелительницей теней. - Либо до утра тянуть, когда солнце у нее силы забирать начнет. Либо думать, чем ее можно усмирить.

- Но он до утра не выдержит, - выдохнула Елена. - Почему ты ему не помогаешь? Я пробовала скелеты призвать, но у меня больше не получается.

- Волнуешься за брата? Это хорошо. У тебя дар долго заблокированный был. Источник, который Кощея питает — это не просто источник, а источник нечисти, он и тебя подпитывает, а ты от него очень долго отрезанная была, плюс он не стабилен. Кош чуть сам в нем не растворился. Я могу вместе с ним сейчас в бой вступить, но это глупо, Елена. Так мы оба выдохнемся, а ты не боец. Да и я тут не в силе, Лес Заповедный сюда еще не дорос. Кош сам не выдержит, а если мы с ним по очереди будем с ней биться, до утра может и дотянем. Да и она не железная, ей тоже передышка нужна, а мы ее такой возможности лишим.

- Тебе на вид столько же лет, сколько и мне, - пробормотала Елена.

- А я и не говорю что опытная, - засмеялась Ядвига. - Мне не на вид, мне столько же сколько тебе. Мы с тобой в один год родились. Только в отличие от тебя, я все это время училась и силу свою осваивала, но еще далеко не все знаю.

- А о ней что-нибудь знаешь, - Елена поморщилась, когда увидела, как Кощей удар плети пропустил, но выдержал его и в ответ молнией запустил. - Почему он не вызовет нежить?

- Смысла нет, - вздохнула Ядвига. - Теневая магия чуточку сродни некромантии. Нежить, конечно, будет для нее проблемой, но она может частично управление ей перехватывать.

- Вот почему, она хотела, чтобы отец ей допуск к источнику дал, - прошептала Елена.

- Это ты вспомнила? - приподняла бровь Ядвига.

- Нет, в процессе общения выяснилось, - мотнула головой Елена. - Так знаешь кто она?

- В общих чертах. Ей уже пятьсот лет, твой отец на сто лет ее старше был. Она очень сильный теневой маг, по праву считается повелительницей теней. В конфликты с другими раньше не вступала, как понимаю, это всего лишь видимость была. Мы ведь даже не подозревали, что именно она замешена в твоем похищении. Когда родители ваши погибли, Коша сразу накрыло, хорошо, что с ним братья змеи рядом были, я тогда ничем помочь не могла сама ребенком малым была. Кош только год как с источником справился, выровнял его, но в полную силу еще не вступил. Он тебя сразу искать начал, чувствовал, что ты живая. Когда мы тебя нашли, вот тут у вашего с Кошем дядьки, много вопросов появилось. Например, зачем Горох тебя выкрал? Каким образом? С тобой что? Нужно было тебя забирать как можно скорее, да только Кош тут на земле царя Гороха как связанный, он и сейчас не в полную силу сражается. Хоть окраина, но еще Царство Гороха и мне сложно Лес Заповедный в двух километрах отсюда. Я его сюда целенаправленно много лет растила, но вот видишь не успела. Симона присматривать за тобой поставили, когда поняли, что тянуть больше нельзя, решились организовать твой побег. Да вот только пошло все не по плану. Так она тебе говорила, что просила Кощея старшего подключить ее к Бессмертному источнику?

- Да.

- А где шкатулка, которую тебе Кош подарил?

Елена по сторонам заозиралась, потом взглядом нашла малахитовую шкатулку, она под деревом лежала. Подошла, подхватила ее на руки и к Ядвиге развернулась.

- Чудненько, - улыбнулась Ядвига. - Сейчас достанешь из неё хрустальный череп и подкинешь в воздух, а я его прямохонько в голову теневой направлю.

- Зачем? - удивилась Елена.

- Кош этот череп в источнике долгое время держал. Другими словами, брат у тебя талантливый, он науки разные изучает, исследования проводит, неплохо в артефактах разбирается. Сделал из этого черепа своеобразный артефакт, который как раз открывает оконце к источнику, усиливает связь с ним. Кош его специально для тебя сделал, чтобы ты смогла наверстать менее болезненным способом упущенное время, нежили сразу в полной мере почувствовать всю мощь Бессмертного источника, утонуть в своей стихии. Поэтому, когда ты его в руках подержала, сразу ощутила свою связь с источником, эта связь начала восстанавливаться по крупицам. Но так как ты часть этого источника, его сила, твоя сила, вы едины, он заволновался, рябью пошел. Коша опять волной накрыло, а у тебя чужие блоки трещины дали, сила через них просачивается стремительно. Вот только все это нужно было уже в Заповедном лесу делать, а не во дворце царя Гороха, да Симон? - Ядвига неодобрительно на своего фамильяра посмотрела.

- Да я глазом моргнуть не успел, как она его в руки схватила, - возмутился Симон.

- Подождите, если это связь с источником, - мотнула головой Елена. - Зачем им в Милику бросать? Она же сильнее станет.

- Отнюдь. Твой отец был мудр и не жаден, вопреки распространенному мнению. Если старший Кощей не хотел давать доступ к источнику, то не из-за того, что боялся силой поделиться, просто он знал, что силу эту Милика не переварит, - улыбнулась Ядвига. - Природные источники — это особое место. Самые яркие примеры - Заповедный Лес, Медная гора, Бессмертный источник, Каменный и другие, их много. Они разные, к ним ведь доступ особый про́стым существам не нужен. Маги и нечисть сила, которых сродни источнику, могут черпать ее свободно. Нет, немного не так, они черпают эту силу, сами того, не замечая в меру своих возможностей. Так что не нужен никому особый доступ к источнику. К источнику привязывается только его хранитель. Самые сильные маги определенной стихии, которые могут уравновесить его, чаще всего источник сам призывает такого мага. Так Кош стал хранителем Бессмертного источника, я хранитель Заповедного леса, ну и так далее. А если попробовать насильственную привязку сделать, да у мага еще и силы противоположные или маленькие. Выгорит он. Я сильный природный маг, даже немного универсал. Мне, например даже в руки череп брать не хочется, чую от него опасность. Зла он мне не причинит, я из него силу черпать не буду, но... Чужая она для меня, неприятно.

- А если череп в Мелику попадет, то получается... - Елена не успела договорить.

- То получается она, почуяв давно желаемое, имея малую долю этой силы, начнет пить из нее, а так, как это особенный артефакт для тебя сделанный, а ты тоже хранительница Бессмертного источника, только еще не инициированная. То, что для тебя благо для нее смерть. У Милики непроизвольно образуется привязка с источником, как она и просила в свое время Кощея, да только с силой этой она не справится, не по Сеньке шапка.

- Тогда давай, - усмехнулась Елена, раскрыла шкатулку, достала хрустальный череп и в воздух подбросила.

А Ядвига, его своей магией направила прямо в голову теневой колдуньи. Когда он, встретившись с препятствием, разлетелся на мелкие кусочки, выплескивая темную магию смерти, колдунья охнула, схватившись за голову. Потом на ее лице отразился восторг и триумф, но недолго это продлилось, она в один миг побледнела, завизжала, стала выгибаться дугой, корчась от боли. А Кощей, получив передышку, привалился плечом к стволу дерева, тяжело дыша, потом бросил взгляд на Елену и рядом с ней стоявшую Ядвигу, увидел, что с девушками все хорошо, выдохнул с облегчением, перевел взгляд на упавшую на землю колдунью. Милика кричала и извивалась словно змея, катаясь по земле, а затем прямо из её кожи стала просачиваться темная, непроницаемая субстанция, похожая на дымку, поглощая колдунью, скрывая от глаз, крики стихли. Когда эта тьма рассеялась, на месте, где лежала колдунья, была только примятая зеленая трава. Более ничего не напоминало о том, что здесь произошло.

- Справились, - усмехнулась Ядвига, подхватывая Елену под локоть и направляясь к Кощею.

Елена выдохнула с облегчением, по инерции последовала за Бабой Ягой, а затем в нерешительности замерла.

- Чего ты? - развернулась к ней Ядвига. Прочитав все те эмоции, которые пробегали большими буквами на лице царевны, хранительница Заповедного леса усмехнулась. - Ну и чего ты боишься? Он брат твой, любит тебя, из-за тебя жизнью своей рисковал. Сейчас не помнишь, потом вспомнишь. Есть у меня зелья особые, быстро память твою поправим, брата вспомнишь, родителей и меня тоже, ну а пять лет разлуки, постепенно наверстывать будете.

- И тебя? - удивленно подняла на нее глаза Елена.

- И меня, я ваша названая сестра. Твоя и Коша, - усмехнулась Ядвига.

- Ненавижу Милику и Гороха тоже, - застонала царевна, схватившись за виски руками, потирая их.

- Ненависть плохое чувство Елена, - качнула головой Ядвига.

Она хотела еще что-то сказать, но продолжить не успела, послышался стон со стороны, где Кощей стоял. Яда на Коша оглянулась, схватившись рукой за грудь, бросилась к нему, Елена, ахнув, побежала следом за ней.

Кощей сильно побледнел, стал на бок заваливаться, его глаза закатились, его сильно трясло. Ядвига в последний момент успела подхватить его, не дав наземь упасть, но и удержать не смогла, сил не хватило. Они с Еленой только смягчили его падение, аккуратно уложив на землю.

Ядвига из сумки пузырек с зельем достала, открыла, пару капель прямо на губы Коша капнула, а Елена брата за руки схватила.

- Холодные, - прошептала царевна. - Ядвига он холодный, - потом потянулась к его плечу, осматривая, только раны там не было, она успела полностью затянуться. - Не понимаю. Что с ним? Рана затянулось, других не видно, неужели Милика успела заклинанием бросить?

- На Кощея заклинания просто так не действуют, точнее не все действуют, - Ядвига в это время веко Коша оттянула, наблюдая, как его глаза серая дымка затягивает. - Источник Бессмертный беспокоится опять, связь с тобой восстановив, а Кош ослаб. Вот опять в него провалился. Беда с вами Кощеями, - вздохнула Ядвига.

- И чем помочь? - выдохнула Елена, пытаясь, согреть руки брата.

- Успокоится, - проворчала Ядвига. - Я же говорила вы одно целое. Ты беспокоишься, источник рябью идет. Да и сам Кощей не стабильный. Думаешь, почему он так долго не мог контроль над источником взять? Тяжело себя контролировать, когда тебя волной необузданной силы накрывает, и ты явственно осознаешь, что дорогой тебе человек погиб. А когда осознал, что и мать ваша погибла, а ты пропала, чуть рассудка не лишился. Хорошо змеи рядом были, смогли связать и утихомирить, а я уже в чувства приводила. Медленно, долго, но мне тогда совсем мало лет было, да и сама не в лучшем положении была. Так что успокойся, Елена, сейчас брата твоего в мою избушку перенесем, все хорошо будет, - Ядвига оторвала свои глаза от лица Кощея, чтобы на царевну посмотреть, зрачки ее расширились. - Елена! - вскрикнула хранительница, наблюдая, как медленно заваливается на бок царевна. - А ну не смей сознание терять, поганка мелкая! Я вас двоих не утяну!

Да кто бы ее слушал. Царевна Елена Прекрасная Кощеевна, аккурат возле брата своего упала, лишившись сознания, а Ядвига глаза закрыла ворча.

- Да чтобы вам Кащеям опосля икалось три дня и три ночи, - простонала Ядвига. Открыла глаза, а они у нее изменились, стали зеленее самой зеленой травы, и зрачок вытянулся. Окинула тяжелым взглядом Елену с Кошем, те стали всем телом дрожать. Яда, выругалась, перевернула обоих на спины, села между ними и свои руки положила им на грудь, вливая толику своей силы, усмиряя дрожь, погружая в лечебный сон. - И что мне теперь с вами делать? Некроманты, на всю голову некроманты, нестабильные, - ворчала Ядвига, достала другое зелье, как смогла, так и напоила обоих Кощеевичей. Потом, тяжело вздохнув, на ноги поднялась.

- И что мы будем делать? Мур-мяу? - озадачился кот, с лапы на лапу переминаясь.

- Ты в избушку отправляешься, активируешь печь, - Яда рукой щеку потерла. - Им сейчас тепло нужно, много тепла.

- Так лето на дворе, - удивился кот.

- Симон делай, что говорю, - нервно дернула плечом Ядвига.

- Я-то ухожу уже, все сделаю, - обиженно мяукнул кот. - Да только как ты их сама к нам дотянешь? Тут портал открыть не сможешь, а до Заповедного леса не так близко.

- Как, как, - вздохнула Ядвига, доставая из сумки переговорное зеркальце, активируя его. С начала ничего не происходило. Тогда Ядвига, зло прищурившись, влила немного своей магии в зеркало, усиливая его свойства, его поверхность подалась рябью и явило изображение растрепанного, полураздетого мужчины, с широкими тренированными, мускулистыми плечами, мощной шеей и яркими глазами, горящими словно два василька, он сердито взирал на нее.

- Яда! Лесная твоя душа! Я занят! - стал возмущенно вещать мужчина, за его спиной раздался девичий смех и радостные крики. Ядвига не видела девушек, но явственно слышала, что их там не одна и не две. - Сколько можно мне нервы делать и меня контролировать? Ты мне не нянька, а названая сестра, и вообще мелкая еще.

- Рот закрыл Горя, - прищурилась зло Ядвига, а змей опешил от такого ее обращения. - Взял в зубы чешуйчатый хвост, поднял упитанную зеленую попу и на всей скорости своих мощных крыльев ко мне лети. Где я нахожусь, учуять по крови моей сможешь, портал построить не пытайся, не сможешь. Я на границе земель царя Гороха, а тут куча антимагических камней натыкано. Со мной Кощей без сознания, и его сестра Елена, в таком же состоянии. Источник Бессмертный опять штормит, все из-за их душевного состояния. Я сама не управлюсь.

- Да, чтобы вас, - прорычал Горыныч, - Вы какого туда поперлись без нас с Тугарином? Выпорю! Сиди там, сейчас будем.

- Не ори на меня, ящерица, переросток. Я и сижу, вас жду, а ты попойку с моими навками устроил. Да не с одной, а несколькими! У меня будет очень долгий и длинный разговор с Лешим! - скривилась Ядвига.

- Не серчай, мать, - в зеркальце показалась голова Лешего. Симпатичный мужик, подтянутый, волосы пепельные, вперемешку с тонкими веточками покрытыми маленькими зелеными листиками. - Мы мимо проходили.

- Вот и иди! Мимо! А если постоянно мимо ходить будешь, есть у меня для тебя задачка, - хмыкнула Ядвига прищуриваясь. - Есть на примете сосновый бор, который в дополнительном уходе нуждается. Пора твои владения увеличить.

- А это мы завсегда, - расплылся в улыбке Леший. - Девочки мы уходим, - кинул он себе за спину. - У нас появилось много работы,

- потом развернулся к злому Горынычу, - Не серчай брат, сам понимаешь дела, заботы, - и он исчез.

- Ну, Ядвига! - проворчал Горыныч.

- Горя давай быстрее, - вздохнула Ядвига. - Я с этими двумя болезными не справлюсь.

- Сейчас будем, - изображение в зеркальце опять поплыло, его поверхность обычной стала, зеркальной.

Ядвига спрятала его в сумку, опять присела возле Елены и Кощея, положив свои руки им на грудь, прикрыла глаза, по капле вливая силу матери Природы, связывая гнев, внося равновесие в раненые души.

ГЛАВА 3

Елена застонала, обхватив руками голову. Нет, она не болела, но память словно прорвало, она нахлынула стремительным потоком, перемешивая между собой события ее жизни. Детские воспоминания, перемешались с ее другой жизнью, которая теперь казалась чужой, холодной, лишенной самого важного - любви!

По щекам потекли слезы, а ее саму затрясло.

- Тш, - послышалось рядом, и большие сильные руки подхватили, прижали к груди, стали словно убаюкивать, а царевна боялась открыть глаза. Она узнала этот голос, родной, теплый голос, который не слышала пять долгих лет. - Все хорошо Елена, все хорошо. Мы совсем справимся.

- Разве хорошо Кош? - тихо спросила Кощеевна.

Да теперь она могла по праву так себя называть. Елена Прекрасная, дочь Кощея старшего, дочь царевны-ведьмы Лели, сестра Кощея. Елена все вспомнила, она была еще слаба, растерянна, душу раздирала боль утраты, которую не успела оплакать, боль разлуки, боль потери. А еще очень сильно давила холодная, чистая сила, которая стала ее частью, хотя нет, наоборот, она стала частью этой силы. Все эти ощущения были необычны, непривычны, немного пугали.

- Посмотри на меня Лена, - прошептал Кощей.

И она не смогла отказать, раскрыла глаза, рассматривая такие родные черты брата, подняла ладонь, проведя подушечками пальцев по его бледной щеке. Как же он изменился. Сознание наспех склеивало два образа в один. Юного, молодого Коша и нынешнего, нет, он и сейчас не стар, но неуловимо изменился. Возмужал, стал сильнее, вот только глаза уставшие, в них затаились искорки холода. В уголках глаз, можно рассмотреть крохотные морщинки, черты лица заострены, а на висках виднеются прядки седины. Елена, наморщила лоб и неуверенно коснулась пальцами его волос, где заметила седину.

- Кош? - прошептала Елена.

- Это всего лишь волосы, - усмехнулся Кощей. - Вспомнила?

- Да, - и Елена бросилась ему на шею, крепко прижимаясь, обняла, спрятала свое лицо на его груди и зарыдала, не сдерживая больше слез.

- Будет, моя маленькая царевна, - погладил он ее по волосам. - Теперь все образуется.

- Не называй меня так, - сквозь слезы проговорила Елена.

- Пожалуй, да, - улыбнулся Кощей. - Ты же княжна.

- Хватит сырость разводить, - послышался от двери голос Ядвиги.

- Яда? - оторвала свою голову от плеча брата Елена, посмотрев на свою давнюю подругу и участницу всех их детских шаловливых выходок.

- Ну а кто еще может быть в избе бабы Яги, как не сама баба Яга, - усмехнулась хранительница.

- Ядвига ей выплакаться нужно, - осуждающе качнул головой Кощей.

- Ну да, чтобы у тебя еще пару седых волос прибавилось, - не согласилась с ним Ядвига. - Ты Елена семь дней и ночей в бреду провалялась. Мы от тебя не отходили, а у Коша вон серебро в волосах раньше времени заблестело.

- Кош? - уныло проговорила Елена, погладив брата по голове.

- Ну, зачем ты так, Яда? - устало проговорил Кощей.

- Кош, посади Елену на кровать. Сейчас осмотрю ее и зельями напою, - усмехнулась Ядвига. - А зачем я так? Да затем, что не нужно себя жалеть, на прошлом зацикливаться, - Ядвига стала осматривать Елену, которую Кощей пересадил на кровать. - Нужно двигаться вперед. А главное учиться. Начнем с магии природы. Ты ведь Елена отчасти тоже ведьма. Ведьмовской силы в тебе меньше, быстрее ее освоишь, а умея ею пользоваться, зная азы уже с некромантией справишься. Заодно не будет времени на дурные мысли. А когда вы оба бедовых некроманта успокоитесь, и источник ваш в покой придет. Нам всем спокойнее заживется. Так что, Кош, она у меня пока останется, минимум на месяц.

- Яда, ей и про некромантию нужно узнать, - не согласился Кощей. - Или хочешь, чтобы по Заповедному лесу нежить начала бегать?

- Для начала в теории, - усмехнулась Ядвига, передавая Елене несколько пузырьков с зельями. - Пей, - бросила она ей, а сама на Кощея посмотрела. - Книги принесешь, пусть читает. Твой замок в моем Заповедном лесу находится, порталы ты строить умеешь, особого труда туда-сюда помотаться не составит. Хочешь, тут оставайся. Ну, а нежить как разгуляется, так и упокоится. У меня как-никак два некроманта под боком. Да и полезно это будет, меньше любопытных зевак захаживать станет.

- А если кого нужда ведет? - спросила Елена, выпив все зелья и поморщившись, вкус у них не самый приятный.

- Те, кого действительно нужда ведет, дорогу всегда найдет, Елена, - печально улыбнулась Ядвига. - Как правило, сюда не столько нуждающиеся захаживают, а любопытные или те, что считают себя лучше других. Разные люди и не люди бывают, и не всегда мысли у них чистые.

- Это точно, - задумчиво проговорила Елена, погружаясь в воспоминания.

- Антипа вспомнила? - усмехнулась Ядвига.

- А что Антип? - подозрительно спросил Кощей.

- Ничего Кош, - покачала головой Ядвига. - Мы сами с Еленой с ним поговорим, чуть позже, когда я Елену азам научу. Многое она сейчас сама вспоминать начнет, мать ваша, вас хорошо обучала. Все эти знания просто систематизировать нужно, ну и практика, -

многозначительно проговорила Ядвига, а Кош растянулся в улыбке. Он хорошо знал эти нотки в голосе своей названой сестры.

- Яда, - послышался женский голос из соседней комнаты.

При этом Кош скривился, подкатил глаза к потолку, а Ядвига засмеялась, похлопав названого брата по плечу. Елена удивлено, приподняв брови, переводила взгляд с брата на Ядвигу.

- И чего это вы? - непонимающе спросила Кощеевна.

- Потому, что это головная боль, - простонал Кош.

- Ядвига? - в дверном проеме показалась миловидная девушка, с темными распущенными волосами и яркими карими глазами, одетая в длинное приталенное зеленое платье. – О, и Кощей тут, - расплылась незнакомка в улыбке, а потом перевела взгляд на Елену, окинув ее с ног до головы холодным презрительным взглядом. - А это кто?

- Побольше уважения в голосе, Ольга, - хмуро проговорил Кощей.

- С чего бы это? - фыркнула девушка, дернув плечом.

- Это родная сестра Кощея, - устало проговорила Ядвига, покачав неодобрительно головой. - Ольга давай в другой раз. Честное слово, не до тебя сейчас.

- А сестра, та самая, потерянная? - уже более дружелюбно проговорила девушка, махнув головой, откидывая волосы назад. – Ладно, зайду в другой раз.

Незнакомка хмыкнула, резко, немного обиженно развернулась и удалилась не прощаясь.

- Кто это? - немного растерянно проговорила Елена, задумчиво рассматривая уже пустой дверной проем.

- Ведьма, год назад поселилась в заповедном лесу, - вздохнув, проговорила Ядвига. - Вроде нормальная, но в последнее время как-то странно себя вести начала.

- И мне прохода не дает, - поморщился Кощей.

- Ну, это не удивительно, ты, красив, холост, - засмеялась Ядвига. - Не одна она за тобой бегает, - а потом более серьезно проговорила. - Но она не твоя судьба Кош.

- Я и сам это чувствую, - улыбнулся Кощей. - Некроманты ощущают свою пару, а она не моя пара.

- Ладно, не про Ольгу речь, - махнула рукой Ядвига. - Иди за книгами по некромантии. А я Елену с лесом пока познакомлю, Мать Природа покой душе подарит, а когда в голове больше порядка и учение лучше усваивается.

- Я так понимаю, вы все без меня решили? - усмехнулась Елена. Ей на удивление было тут очень тепло и уютно. Она действительно почувствовала себя дома. Дома, среди тех, кто ее любит и заботится, пусть и по-своему.

- А у тебя есть возражения? - приподняла вопросительно одну бровь Ядвига.

- Нет, - засмеялась Елена, - Нет у меня возражений.

- Вот и славно, - улыбнулась Ядвига.

ГЛАВА 4

Елена сидела на невысоком холме, любуясь красотой природы. Ветер развивал ее русые волосы, молодая некромантка подняла лицо к небу, позволяя солнечным лучам пробежаться по белой коже, согревая ее. Сколько бы некромант не находился под палящими лучами солнца, его кожа всегда оставалась равномерно белой, своеобразная специфика дара. Некромантам был чужд загар.

Уже прошло семь лет, семь долгих лет с тех самых событий, когда она в первый раз увидела черного кота Симона в царстве Гороха и ее жизнь в корне изменилась.

Изменилась в лучшую сторону, возвращая ей ее собственную семью, родных и друзей, утерянную память. Постепенно память полностью восстановилась, смогла так сказать "выровняться", сплетая события далекого детства и действительности в одно целое.

Елена много трудилась, чтобы наверстать упущенное в своей жизни. Читала, слушала, тренировалась, не упускала ни одной возможности узнать новое.

Ядвига напомнила ей, как слышать и чувствовать природу, много рассказала о травах и разных зельях. Их дружба смогла возродиться заново и даже окрепнуть. Они чём-то были неуловимо похожи, не внешне, а духом и чертами характера. Но Елена ощущала, что маленькая лесная хранительница, хоть ее возраста, но несет на своих плечах, куда больший груз ответственности, чем все они вместе взятые. В молодых озорных глазах, она не раз ловила мудрость веков и усталость.

Яда и Елена всегда находили время друг для дружки, но постепенно каждый зажил своей собственной жизнью. Елена перебралась к Кощею, все больше обучаясь своей родной стихии, сродняясь с источником Бессмертных, а Яда была занята Заповедным лесом, ее касалось все, что происходило в нем. Баба Яга не жалела себя, помогая тем, кто действительно нуждался в помощи, наказывая тех, кто терял понятия о черте дозволенного.

Елена познакомилась с могучими братьями змеями - Горынычем и Тугарином. Эти два великовозрастных шалопая, взялись за подтягивание ее физических показателей.

Это человеческой царевне положено только вышивать и тихонечко в уголке сидеть, а княжне нечисти и сильному магу, нужно не только магические науки освоить, а еще владеть мечем, уверенно держаться в седле. Уметь за себя постоять, если лишишься оружия. Поэтому постепенно Елена стала вздрагивать, когда, слышала упоминание имен Горыныча и Тугарина. Её будили ранним утром, заставляя совершать длинные пробежки, правда иногда к ней присоединялась Ядвига, вот тогда было веселее. Как бы не жаловалась Елена, она сама понимала, что это нужно в первую очередь ей самой. Поэтому стойко выносила все изнурительные тренировки, и они не прошли даром.

Елена усмехнулась, открыв глаза, сколько же всего за эти семь лет произошло. Хорошего и не совсем. Вспомнить только безумную Ольгу и то, что она сотворила.

Обезумевшая ведьма захотела получить силу некроманта, напоила Кощея приворотным зельем, выманив к себе. Они тогда долго не могли его найти, теперь и у нее на висках есть седые прядки, их просто не видно в светлых волосах.

Хорошо Ядвига смогла вовремя узнать, где искать живую и мертвую воду, а братья змеи помогли ее достать, иначе не было бы Кощея. С отрубленной головой долго не проживешь.

Как же она хотела сама лично, оторвать голову Ольги, но сила не дала грех на душу взять. Ольга просто сгорела, не выдержав мощи чужой силы.

Она тогда разрывалась между братом, который словно в кокон закрылся, отрешившись от мира и Ядвигой. Хозяйка Заповедного леса заплатила слишком большую цену за знания, где искать мертвую и живую воду, месяц ее выхаживала. Хорошо, что все уроки Ядвиги успела усвоить, и научилась сама зелья варить.

А когда Ядвига в себя пришла, они уже вместе Кощея стали из кокона вытаскивать, разогревая его сердце.

Но действительно оно ожило только год назад, когда он повстречал Марью Моревну - царевну, ведьму воительницу. Маленькая воительница смогла отогреть сердце Кощея, возродив в нем стремление к жизни и это хорошо. Потому, что некромант с холодным сердцем мог бед натворить.

- Как же хорошо, что вы все у меня есть, - усмехнулась Елена, снимая с руки кольцо из черного магического золота. Повертела его в руках, усмехнувшись, а оно возьми и выскользни, закатись в траву. - Ну, нет, - поморщилась Елена, став руками раздвигать густую траву, чтобы найти кольцо. - А это, что? - отпрянула она чуток назад, услышав тихое шипение с посвистыванием.

Трава зашелестела и из нее юрко вскочила маленькая зеленая змейка, буквально ускользая от Елены, а в зубах она держала ее кольцо. У Кощеевны, даже глаз нервно задёргался от такой наглости.

- А ну стой, поганка, - прошипела Елена не хуже змеи, подскакивая на ноги и побежав следом за маленькой воришкой.

Та, слова некромантки проигнорировала, ловко делая хвост. Змейка с такой скоростью уносилась вдаль от Елены, словно не ползла по земле, а летела над ней. Прячась за камнями, теряясь в траве. Елене пришлось запустить поисковое заклинание, настроив на свое кольцо, чтобы не потерять след.

В своеобразные догонялки они играли около получаса, пока мелкая клептоманка не спряталась в огромной Медной горе, юркнув среди камней.

Елена сначала растерянно остановилась, взирая на это величественное природное образование, чувствуя его волнение и мощь. Змейка далеко увела ее от владений Кощея, раньше Елена не захаживала в эти края.

Осмотревшись по сторонам, не ощущая опасности, Кощеевна решила, не возвращаться с пустыми руками домой. Это кольцо ей было дорого как память. Прислушавшись к себе, она поняла, что гора внутри полая. Елена явно ощущала полость, где сейчас находится ее кольцо. Тяжело вздохнув, она настроилась и выстроила к нему портал, шагнув в него не раздумывая.

Когда вышла на той стороне, замерла от удивления. Высокая, светлая пещера, огромная. Свет исходил от горящих кристаллов, которыми все своды пещеры усеяны. В центре пещеры озеро, да непростое, водица в нем медного цвета, а рядом с ним, прямо перед ней в ста шагах здоровенный наг стоит, вполоборота. Хвост могучий, кольцами свернут, сам он на нем сидит, на груди только жилетка легкая наброшена. Которая совершенно не скрывает могучей мускулатуры и рельефного тела, кожа у него зеленоватая, местами чешуйки видно, особенно на заостренных скулах, волосы светлые, длинные, сами распущены, только на висках тонкие пряди в косы заплетены и глаза синие, словно два омута.

Елена дернулась, когда до нее дошло, что и он ее увидел, с интересом рассматривая. Наг наклонив голову на бок, а в руке этот могучий змей держал, не что иное, как ее кольцо. Мелкая зеленая поганка, которая это самое кольцо у нее нагло сперла и сюда принесла, шикнула на нее и юрко спряталась за спиной своего повелителя. Чем вызвала его легкий смешок и шипение, а из его рта показался раздвоенный язык.

- Мать моя женщина, - прошептала Елена, непроизвольно дернувшись. Нагов она раньше не видела, только читала о них.

- А что бывает иначесс? - прошелестел его сильный и уверенный голос, с немного шипящими нотками.

- В смысле? - не поняла Елена, странным образом она его не боялась, хоть и чувствовала необычайную мощь и силу.

- Мать? Может быть не женщинойсс? - усмехнулся змей.

- Ну, у вас нагов все может быть, - прищурилась Кощеевна, осознавая, что над ней сейчас наглым образом потешаются.

- Хамишсс, - неодобрительно качнул головой мужчина.

- Моё, отдай, - зло прищурившись и прожигая взглядом выглядывающую из-за его спины наглую змейку проговорила Кощеевна.

- Есcли бы было твоё, - прошелестел шипяще наг. - То оно у тебя на руке красавица ссейчас находилось, а не в моей рукесс, - наг усмехнулся и нагло одел кольцо на свой мизинец, рассматривая руку, косясь в ее сторону, будто ожидая, что дальше будет. - Крассивое, - опять прошипел он, высунув раздвоенный язык.

- Красивое, да чужое, - твердо проговорила Елена, делая два шага ближе к нему. - Верни мне моё! Его у меня украла твоя змея.

- Врешс, - поморщился змей. - Мои змейкис не воруют. Подобрала, что упалос, это да, но не украла.

- А ее подбирать никто не просил, - стала сердиться Елена.

- А тебя никто не проссилс терять, - он полностью развернулся в ее сторону и сложил могучие руки на груди, улыбнулся одним уголком рта.

- Верни по-хорошему, - это уже Елена прошипела, сжимая руки в кулаки. В последнее время нрав у нее тяжелый стал, наверное, последние события жизни все же след свой оставили. Вытравили они из нее неуверенность, излишнюю жалость, а вот твердости и решимости, даже безрассудства добавили.

- А то что? - рассмеялся наг. - Битвой на меня пойдешь? Так силс не хватит.

- А вот и посмотрим, - усмехнулась Елена, создавая своей магией два черных посоха.

Змей, ухмыльнулся, приподняв одну бровь, даже с места не двинулся, с любопытством за ней наблюдая. А вот когда она бросила ему один из посохов, предлагая вступить в равный поединок, немного опешил, посмотрев на нее другими глазами. В них скользнуло не только любопытство, но и уважение. Он принял вызов.

Бой между ними завязался долгий. Елена нападала, стремясь победить, а он всего лишь оборонялся, словно играючи с ней, чем рождал внутри некромантки толику гнева.

Кто знает, как долго бы они бились, не желая уступать друг другу, но в один момент Елена оступилась и стала падать прямо в воды медного озера. Она тогда увидела, как вздрогнул наг, как вытянулись в узкую полоску его зрачки, и он бросился за ней, пытаясь поймать в этом полете, но и сам не удержался. Успел только схватить ее за руки, прижать крепко к себе, так они вместе ушли под воду с головой.

Это озеро было необычным, его окружали каменистые выступы, а дно сразу уходило на глубину.

Елена плохо плавала, поэтому испугалась, очутившись в холодной воде необычного цвета, а еще больше испугалась, не ощутив под ногами опоры и с головой уходя под воду. Она стала биться и глотать воду, бездумно размахивая руками, уже даже попрощалась с жизнью. Но ее спас наг, крепко удерживая в руках, он не дал ей еще глубже уйти под воду и стремительно вынырнул из водяной толщи, выдергивая и ее за собой. Наг, удивительным образом, легко чувствовал себя в воде, словно это его вторая стихия, его мощный хвост извивался, удерживая их на поверхности воды. Елена откашлялась, нервно вцепившись руками в плечи мужчины, еще и ногами обхватила для уверенности, что ее не выпустят.

- Не брыкайсся, - прошипел наг, он придерживал ее одной рукой. - Я ссейчас отпущу руку, а ты за шеюс будешь держаться, мне обе руки нужны.

Елену дважды просить не пришлось, она обхватила его за шею, вцепившись словно клешнями, а голову спрятала на его груди, тяжело дыша.

- Задушисс, - усмехнулся наг и поплыл к каменистым выступам.

Они чудным образом очутились прямо в центре озера, а до спасительной твердой поверхности было метров двадцать. Елена поежилась, ее кожу, словно обжигало, она даже набралась смелости и приподняла голову, рассматривая свои руки, которыми она обхватила шею мужчины. По ним пробегали медные искорки.

- Что не такс? – спросил у Елены наг, заметив странное поведение своей своеобразной ноши.

- Кожу жжет, - прошептала Елена.

- Плохо, - хмыкнул мужчина и сделал несколько больших гребков, помогая себе еще и хвостом.

Доплыв до берега, он рывком оторвал ее от себя усаживая на камни, сам вылазить не стал, а не спрашивая дозволений, развернул её руки ладонями вверх и стал рассматривать. При этом вид у него был задумчивый, даже мрачный. Елена тоже рассматривала свои руки, да и его тоже. Мысленно ругая себя и свою беспечность.

На их запястьях (ее и нага) образовалась медная вязь из замысловатых рисунков, украшенная несколькими черными линиями.

- И что это? - тихо спросила Елена.

- А ты не знаешь? - он поднял свой взгляд на нее, прищурился и смотрел испытывающе.

- А должна? - с вызовом спросила Елена.

- И где находишься тоже не знаешь? - наг подтянулся на руках выныривая из воды.

Его черты неуловимо изменились. Из воды вылез уже не змей, а обычный мужчина, исчезла зеленоватость кожи, черты лица стали ровнее, он даже вроде чуточку меньше стал, но при этом оставался достаточно мощным. Елена с интересом рассматривала его, совершенно не стесняясь, даже любовалась, а там было чем полюбоваться. Благо вылез из воды он в штанах, Елена даже нервно выдохнула, но непроизвольно потянулась, пытаясь заглянуть ему за спину.

- И что ты там хочешь увидеть? - совершенно четко, без искажения слов произнёс мужчина, сложив руки на груди.

- Хвост, - машинально ответила Елена, а потом опомнилась, перестала пялиться ему на зад и посмотрела в глаза, поймав в них смешинки. - А ты и разговаривать, оказывается, можешь нормально?

- Могу, - засмеялся наг и протянул ей руку, чтобы помочь встать. - Когда без хвоста.

- И часто ты без хвоста? - Елена ухватилась за его руку, а он ее резко дернул, поднимая и уводя от опасного края.

- Я с хвостом только в боевой ипостаси, - улыбнулся мужчина. - Ты на вопрос не ответила. Где находишься, ты знаешь?

- В огромной горе, которая внутри оказалась полой, - мотнула головой Елена. - Я сюда за кольцом пришла. Отдай.

- И далось тебе это кольцо, - хмыкнул наг. - Так украшения любишь, что не смогла с очередной безделушкой расстаться?

- Это память, - возмутилась Елена. - Да и как-то ты эту безделушку отдавать не хочешь.

- Память о поклоннике? - подозрительно спросил наг.

- Память о матери, - уже зло засопела Елена.

- О матери? - склонил он на бок голову, потом помолчав, снял с пальца кольцо и вернул ей.

- А сразу так нельзя было? - усмехнулась Елена, одевая его на свою руку, и попыталась построить портал наружу, с удивлением почувствовав, что не может этого сделать. Она растерянно подняла глаза на нага, а он тихо смеялся, качая головой.

- Хотела уйти, не прощаясь? Я Полоз, - представился мужчина. - А уйти не получится, дорогая. Мы теперь с тобой связаны Медным источником. Как минимум год, пределов Медной горы преступить не сможем. Так что давай думать, как будем вместе уживаться.

- Что значит, мы связанны? - возмутилась Елена. - Мне домой нужно, меня брат заждался и Ядвига, наверное, уже ищет.

- А то и значит, что связанны. Мы теперь оба хранители Медного источника, - засмеялся Полоз.

- Мне не нужен Медный источник, - простонала Елена. - Мне своего Бессмертного с головой хватает.

- Надо же, - стал откровенно смеяться Полоз. - Некромантка и Медный источник, такого еще никогда не было, вот Мать Природа пошутила. Значит, ты Кощеевна. Будем знакомы. Идем на верхние ярусы Медной горы, выберешь себе комнаты, нам теперь с тобой долго вместе жить.

- Да иди ты... - возмутилась Елена, не поверив ему.

Она долго и упорно пыталась найти вход из горы, безуспешно. Полоз ей не мешал, только с любопытством наблюдал. Потом, когда ему это надоело, сам вывел ее к выходу из горы, дав в полной мере понять, что гора их не отпустит.

Елена злилась, возмущалась, но поделать с этим ничего не могла, а еще волновалась за брата. И тут Полоз ей помог, сам лично через переговорное зеркальце связался с Кощеем, вкратце обрисовав ситуацию.

Брат порывался к ним прийти, но Полоз доходчиво объяснил, что в ближайшую неделю Медная гора никого больше внутрь не пустит и Ядвига это подтвердила. Хранительница Заповедного леса очень недобро посматривала на Полоза и тот, в конечном счете, проникся, клятвенно пообещав вреда Кощеевне не наносить и даже оберегать, вот тогда уже Ядвига расслабилась, даже улыбнулась.

Неделя пролетела быстро, но сумбурно. С начала взаимопонимания между Еленой и Полозом вообще не ладились, только к концу недели, они стали вместе ужинать и разговаривать на разные темы, с удивлением отмечая, что им интересно вместе, есть общие темы для разговора. Где-то их мнение совпадало, а где-то наоборот они спорили до хрипоты. Елена с удивлением почувствовала, что ощущает драгоценные камни, тогда Полоз вызвался ее обучать пользоваться новым даром. Хотел плавать научить, но тут уже Елена запротестовала, с ужасом вспоминая, как ушла под воду с головой.

На исходе недели явился Кощей в сопровождении Ядвиги. Встреча проходила натянуто, Кощей не хотел оставлять здесь сестру, но и поделать ничего не мог.

Кто знает, может и до драки бы дело дошло, но Кощея остановила Ядвига, а Полоза Елена.

- Елена выйди, - прошипел Полоз, зло посматривая на ее брата.

- Что значит выйди? - возмутилась Кощеевна.

- То и значит, что выйди. Мне с твоим братом поговорить тет-а-тет нужно.

- Иди. Я присмотрю, чтобы не поубивали друг дружку, - усмехнулась Ядвига.

- Хорошенький такой тет-а-тет, - возмущалась Елена, но вышла, оставляя их одних.

- Как ты мог допустить, чтобы моя сестра в Медном источнике искупалась? - прошипел Кощей, а глаза его стала тьма заволакивать.

- Тише, - положила ему руку на плечо Ядвига. - Полоз не виноват, тут случайность вышла, но она к добру. Успокойся Кош, тем более он сильнее.

- И что тут к добру? – дернул плечом Кощей.

- Сродниться с Медным источником она только в одном случае могла, - усмехнулась хранительница Заповедного леса, с интересом рассматривая Полоза.

А Кощей приподнял одну бровь, перевел взгляд с Ядвиги на Великого Полоза.

- Да, она моя пара и теперь моя жена, - усмехнулся Полоз, потерев свое запястье. - Поэтому ее источник признал, сделав вторым хранителем.

- Час от часу не легче, - застонал Кощей, потом увидев, как хмуро на него посмотрел Полоз, усмехнулся. - Я против твоей кандидатуры в мужья своей сестре ничего не имею. Тебя знаю давно и уважаю.

Если, конечно, вы сможете общий язык найти. А недоволен я тем, что она еще с Бессмертным источником полностью не сроднилась, а тут на ее голову еще и Медный.

- Я ей помогу, - уже более доброжелательно проговорил наг. - Этот брак для меня самого неожиданным стал, но Елена моя пара и я сейчас это явственно ощущаю. Ты сам знаешь, что такое свою пару встретить Кощей. Я ей помогу с Медным источником справиться, да и полную его мощь она ощущать не будет. Но в течение года Елена не сможет покинуть пределов Медного царства и это не моя прихоть. Вы же всегда желанные гости в моем доме.

- Что же хорошо, - усмехнулся Кощей. - Позови сестру, дай хоть обниму её. Но знай, Полоз, стоит ей хоть на что пожаловаться...

- Знаю, - усмехнулся Полоз и махнул головой одной из своих змей. Та стремительно уползла. - Сейчас Елену позовут.

И действительно через минуту явилась Елена, растерянная. Кощей сестру обнял, еще поговорил с ней, оставил зеркальце переговорное, узнал какие вещи ей привезти. Долго не хотел уходить, пока Ядвига не стала его подгонять, понимая, что им стоит оставить Елену и Полоза наедине. Яда незаметно подмигнула Елене и улыбнулась, та в ответ тоже в улыбке растянулась, а потом губу прикусила.

- Ладно Кош иди домой, не переживай за меня, - погладила брата по плечу Елена Кощеевна. - Не путевая у тебя сестра, вечно тебе из-за меня переживать приходится. Там Марья Моревна уже, наверное, заждалась и испереживалась вся. Собери мои вещи, жду вас в гости вместе с ней, - она провела по его пепельным волосам рукой, а сердце кольнула боль, напоминая, какого черного цвета раньше они у него были. - Все хорошо будет, - прошептала она. - Он мне нравится.

Кощей ее услышал, улыбнулся, пожав плечо. Так они с Ядвигой откланялись, а Елена осталась, немного грустно ей стало. Она задумалась, не заметив, как близко подошел к ней Полоз.

- Подслушивала? - он наклонился к самому ее уху, спрашивая.

- Мелкие поганки уже доложили? - хмыкнула Елена, разворачиваясь и приподнимая голову, всматриваясь в его синие глаза.

- Это их обязанность, чтобы я всегда был в курсе того, что происходит, - усмехнулся наг. - И что делать собираешься?

- Счастливо жить, - задумчиво протянула Елена, положив ладони на плечи Полоза, а тот удивленно приподнял брови.

- Мне нравится такой подход, - усмехнулся мужчина.

- А мне нравится мой муж, - улыбнулась Елена. - И я чувствую, что нравлюсь тебе.

- Больше, чем нравишься Елена, - улыбнулся Полоз. - Намного больше, - накрыв ее губы в легком, невесомом поцелуе, и прижал к себе, погладив по спине, а потом в глаза заглянул. - Только вот с твоими родственниками мы уже познакомились, теперь очередь моих придет. И хочу предупредить, эта встреча нам дастся намного сложнее, - тяжело и обреченно вздохнул Полоз, улыбнувшись жене, подушечками пальцев погладив ее по щеке.

- Я им не понравлюсь? - сделала свои выводы Елена.

- Не понравишься, - утвердительно кивнул Полоз.

- Ничего переживу, - усмехнулась некромантка. - Главное тебе нравлюсь. А родня постепенно смирится. Кош смирился, а у него не такой уж легкий характер и Яда спокойно отнеслась, и они привыкнут.

- В том то и дело, что брат твой и сестра названая адекватные, - рассмеялся наг. - Мои родители поворчат успокоиться, а вот сестры и племянницы, навряд ли. У нагинь скверный характер. Ядовитый.

- Хвосты поотрываю, - усмехнулась Кощеевна.

- Они все же родня, - рассмеялся Полоз.

- Хорошо уговорил. Обойдемся малой кровью, - Елена прикусила нижнюю губу. – Надеюсь, против скелетов в Медном царстве ты возражать не будешь?

- А какие могут быть возражения, если у меня жена некромантка, - усмехнулся полоз, целуя жену уже более страстно.

Полоз с Еленой действительно были созданы друг для друга, они быстро нашли общий язык, быстро привязались друг к другу. Не замечая, как бежит время. То, что в течение года не могли покинуть пределов Медной горы только на пользу пошло. За это время намного ближе друг другу стали. Испытание родней выдержали. Кощей с Полозом подружился. Ядвига часто в гости наведывалась. Родители Великого Полоза шипели, но смирились. Ну а с сестрами и племянницами Полоза, Елена по-своему поговорила, отбив тем желание её мужу новых невест подыскивать. По истечении этого года у Полоза с Еленой родилась замечательная дочка - Елка, копия мамы с ипостасью и силой Полоза. Елка была смышлёной девочкой, доброй с силой немереной, чего раньше не случалось у нагов. Нагини силой как наги не обладали, слабыми были. А Елка еще совершенно не боялась нежити, привычная к ней была. У Кощея сын родился - Алк. Они с Елкой одного возраста были. Детвора быстро нашла меж собой общий язык, резвясь на радость взрослым. Заставляя взрослых узнавать новые, яркие грани эмоций.

Don't miss out!

Visit the website below and you can sign up to receive emails whenever Olena Shevtsova publishes a new book. There's no charge and no obligation.

https://books2read.com/r/B-A-OCFU-QBNZB

BOOKS 2 READ

Connecting independent readers to independent writers.

Also by Olena Shevtsova

Заповедный лес
Сказки Заповедного леса

Standalone
Кощеевна

www.ingramcontent.com/pod-product-compliance
Lightning Source LLC
Chambersburg PA
CBHW031000180726
47993CB00018B/1319